벽란도의
새끼 호랑이

벽란도의 새끼 호랑이

초판 1쇄 2017년 9월 10일

글쓴이 | 박정애
펴낸곳 | 도서출판 단비
펴낸이 | 김준연
편 집 | 최유정
등 록 | 2003년 3월 24일(제2012-000149호)
주 소 | 경기도 고양시 일산서구 일중로 30, 505동 404호(일산동, 산들마을)
전 화 | 02-322-0268
팩 스 | 02-322-0271
전자우편 | rainwelcome@hanmail.net

ISBN 979-11-85099-96-5 04810
      978-89-967987-4-3 (세트)

값 10,000원

국립중앙도서관 출판시도서목록(CIP)

벽란도의 새끼 호랑이/글쓴이: 박정애. — 고양 : 단비, 2017
p. ; cm. — (단비 청소년 문학 42,195)

ISBN 979-11-85099-96-5 04810 : ₩10000
ISBN 978-89-967987-4-3 (세트) 04810

한국 현대 소설[韓國現代小說]
청소년 문학[靑少年文學]

813.7-KDC6   CIP2017020605

벽란도의 새끼 호랑이

박정애 글

단비
danbi

살다 보면 도대체 내가 누구인지 모르겠는 때가 있지요. 어떤 때는 똑똑이, 어떤 때는 바보. 어떤 때는 애늙은이, 어떤 때는 철부지. 어떤 때는 십 리 눈치꾸러기, 어떤 때는 구제불능 미련퉁이. "내 속에 내가 너무나 많아"라는 생각, 정말 많이 해 봤을 거예요.

저 옛날 고릿적(고려시대라는 뜻), 화려한 국제무역항 벽란도에서 장사를 하던 한 소녀도 여러분과 같은 고민을 했답니다. 소녀가 스스로에게 하는 말을 들어 볼까요?

【진의】야, 네 마음속에 【부처님】이 계셔. 그 【부처님】을 불러내렴. 네 속에는 약으로 못 고치는 【바보】도 있고 【부처님】도 있단다. 누구를 불러낼 거야? 누가 네 삶을 이끌게 할 참이야?

【진의】 자리에 자기 이름을 넣어 보세요. 【부처님】 자리에는 예수님이든 천지신명님이든 스포츠 선수든 아이돌 가수든 부모님이

든 선생님이든 여러분이 간절히 닮고 싶어 하는 어떤 분을 넣고요. 【바보】 자리에는 쪼다든 멍청이든 게으름뱅이든 겁쟁이든 지지리 못난 놈이든 여러분이 싫어하는 캐릭터를 담으면 돼요. 여러분 속에는 그토록 많은 여러분이, 여러분의 가능성들이, 제가끔 불러 주기만을 기다리고 있답니다.

자, 누구를 불러낼 거예요?

누가 여러분의 소중한 삶을 이끌게 할 참이에요?

2017년 여름,
사과 알 굵어지는 소리가 환청으로 들리곤 하는 청송,
객주문학관 창작실에서

박정애

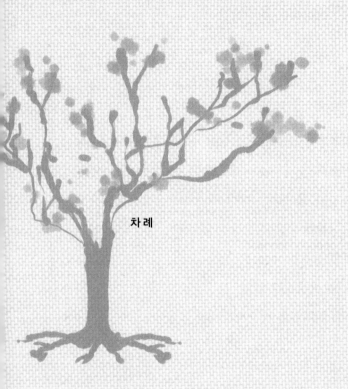

차 례

방금 활 쏜
놈이나 찾으시오!

컹컹.

개 짖는 소리가 끈덕지게 따라붙었다.

개들이 뭘 보고 저리 짖어 대지? 도둑들이 이 밤중에 떼를 지어 다니나?

홍상진은 고개를 갸웃거리며 길을 재촉했다. 진의어미가 살아 있을 때부터 뻔질나게 나들었으니 이십 년 넘어 드나든 골목골목이었다. 눈 감고도 훤히 그려 낼 수 있는 거리였고, 동네 개들조차 홍상진을 알아보는 형편이었다. 더러 낯선 개가 짖는 날도 있기는 했더랬다. 그러나 오늘처럼 개들이 무언가에 홀린 듯 난리법석을 떨기는 처음이었다.

문득, 개들이 깨갱거렸다. 쉬잇 하는 소리가 뒤따랐다. 상진은 등

골이 오싹하여 걸음을 멈췄다.

설마 내가 표적?

상진은 일단 큰길을 벗어나 비좁은 골목으로 몸을 숨겼다. 둥치가 굵다란 살구나무에서 작은 나비 같은 꽃송이들이 팔랑팔랑 떨어졌다.

"홍상진! 어디에 숨었느냐? 썩 나오너라."

귀에 선 목소리의 여운이 채 사라지기 전에 한 사내가 어슴푸레한 달빛에 얼굴을 드러냈다. 길쭉한 콧날, 얇은 입술. 몸집이 자그마한 데다 살빛도 곱고 희어 옷만 바꿔 입히면 여자라고 해도 믿을 법하나, 눈빛만은 고드름처럼 차갑고 날카로운 자.

상진은 고드름에 찔린 듯 눈을 끔벅끔벅했다.

새로 임용됐다는 어사가 아닌가? 저 사람이 나를 왜?

동료 상인들 말로는 새 어사가 성격이 매우 *꼬장꼬장*하고 모질어서 대꼬챙이로 이름났다고 했다. 지난번 어사처럼 뇌물을 요구하지 않는 대신, 청자 한 점 감춘 게 발각되어도 사람을 고문하여 반송장으로 만든다는 소문이 저잣거리에 쫙 퍼져 있었다.

"홍상진, 네 이놈! 나라에서 법으로 금하는 인삼 밀매를 지휘하다니, 네 죄를 네가 알렷다! 괜스레 뻗대지 말고 어서 나와 오라를 받아라."

어사가 손짓을 하자, 관원 예닐곱이 어사의 뒤편으로 달려와 줄을 섰다. 어사가 만족스러운 듯 입꼬리를 올렸다. 막다른 골목으로 몰아넣었으니 이제 체포는 시간 문제라 여기는 듯했다.

어사의 머리 위로 살구꽃잎이 눈발처럼 흩뿌렸다. 어사가 눈썹을 찌푸리며 살구나무를 올려다보았다. 못 잡아도 백 년은 넘겨 살았을 우람한 나무였다.

"대체 무슨 말을 하는 거요? 인삼 밀매를 지휘하다니? 지휘는커녕 가담한 일도 없거늘 어찌하여 생사람을 잡는단 말이오?"

홍상진은 어느새 살구나무 우듬지 가까이 굵은 나뭇가지에 올라가 있었다. 홍상진이 입을 열 때마다 가지가 흔들리며 연붉은 꽃잎이 우수수우수수 떨어졌다.

관원들이 나무를 에워쌌다. 어사가 밑둥치에 바짝 붙어 섰다. 그리고 나무에게 귓속말을 하듯 낮은 목소리로 웅얼거렸다.

"김자명… 몽골… 죽을 죄…. 고이…."

똑똑히 들리지는 않았지만, 점쟁이 김자명이 꿍꿍이수작을 부린 게 분명했다. 상진이 콧방귀를 뀌었다.

"한낱 점쟁이 말에 홀려 애먼 사람 잡지 마시고…."

그때 비단을 찢듯 날카로운 칼깃 소리가 바람을 갈랐다. 상진은 말을 잇지 못하고 제풀에 고개를 돌렸다.

솔개? 매?

그러나 상진의 눈앞을 스친 것은 새가 아니라 꿩깃을 단 화살이었다. 상진이 제풀에 물러서는 서슬에 늙은 가지 하나가 우지끈 꺾이며 아래로 떨어졌다. 어사는 급히 몸을 피했지만, 나뭇가지에 왼

쪽 어깻죽지를 찍혔다.

어이쿠.

어사가 이를 꽉 깨물며 담벼락에 등을 기댔다. 감검청 관원 하나가 몸을 날려 어사의 어깨를 감싸 안았다. 다른 관원들은 나무를 타려다 미끄러지기도 하고 여럿이 힘을 합쳐 밑둥치를 흔들기도 했다.

상진이 성난 목소리로 외쳤다.

"방금 활 쏜 놈이나 찾으시오!"

도대체 이 나라가 어찌 되려는가. 담장 위에 달걀을 쌓아 놓은 것처럼 위급한 시절에, 나라에서 관원들이 하는 일이 고작 힘없는 백성의 뒤나 쫓는 것인가. 대꼬챙이로 이름이 났다는 저 어사는 어찌하여 이름값 근처에도 못 가고 김자명 같은 점쟁이의 간사한 혀 놀림에 놀아난단 말인가. 김자명은 그 향냄새 자욱한 방에서 무슨 허튼 음모를 꾸미고 있는가.

상진은 몸을 날렸다. 나무와 이웃한 기와집 담장 위로.

달걀들이 우수수 떨어지는 소리가 들리는 것 같았다. 임신한 아내, 아직 어린 딸, 평생을 바쳐 일군 가게, 나라의 운명을 바꿔 볼 각오로 시작한 새로운 장사….

아이가 죽으면
나도 죽을 생각이다

바닥에 나동그라진 선반, 뚜껑 열린 고리짝, 널브러진 비단 두루마리, 귀 터진 가루약 봉투, 흩뿌려진 녹차 이파리, 금 간 도자기….
감검청 사람들이 휘젓고 간 상점 꼴은 난장판이나 진배없었다.

"이, 이게 무슨 날벼락이냐?"

새어머니가 배를 감싸 안고 주저앉았다.

"에고 마님, 이러다 큰일 납니다요. 얼른 방으로 들어가셔서 쉬소서."

망쇠어미가 진의에게 눈짓을 하고는 새어머니를 부축하여 안채로 들어갔다.

마음 같아선 진의도 새어머니처럼 쓰러졌다가 재수의 부축을 받으며 제 방으로 가서 드러눕고 싶었다. 몸도 마음도 물 먹은 솜처럼 피곤했다.

아버지가 사라진 그날부터 무사히 돌아오시기를 빌러 견불사에 다녀온 오늘까지 한 달 조금 넘는 기간 동안, 진의는 아버지의 귀여운 딸이 아니라 아버지처럼 행동해야 했다. 아버지처럼 부지런하게. 아버지처럼 똑똑하게. 아버지처럼 강하게. 아버지처럼 지혜롭게. 아버지처럼 의젓하게. 집안 하인들이 모두 목을 빼고서 진의가 무슨 결정이든 내려 주기만 기다렸다. 진의는 아버지의 딸로 어리광이나 부리며 살고 싶었다. 아버지도 아닌데 아버지처럼 사는 건 너무 피곤한 일이었다.

진의는 바닥에 주저앉는 대신, 가게 정중앙에 놓인 의자에 앉았다. 뒷면에 자개와 호박과 청석이 박힌 화려한 의자였다. 객주의 주인장으로서 오직 아버지만 앉을 수 있는, 재수나 강주도 넘볼 수 없는 의자였다. 진의도 10살 전에만 아버지 품에 폭 안긴 채 앉아 보았었다.

기분이 이상했다. 슬프다기보다는 무지 낯설었다.

아버지는 식구들한테 말 한마디 안 하시고 어디로 사라진 걸까? 다들 모깃소리로 입방아를 찧어 대는 것처럼, 어딘가에서 쥐도 새도 모르게 돌아가신 걸까?

의자와 달리 검은 옻칠만 입힌 책상에는 아버지가 쓰던 갖가지 종류의 붓과 먹, 연적, 장부책이 가지런히 놓여 있었다. 진의는 저도 모르게 손을 뻗어 장부책을 뒤적거렸다. 들어온 물건과 나간 물건,

외상거래, 주문내역 등이 빼곡히 적힌 그것을 쓰윽 훑어보기만 했는데도 골치가 지끈거렸다.

역시, 난 안 돼. 난 그냥, 예쁜 옷 차려입고서 예성강변에서 수희水戱 보고 송나라 식당에서 맛난 거 별난 거 먹어 보는 게 제일 좋아. 이런 거, 안 맞아.

강주가 다가와 갸름한 손가락으로 책상을 톡톡 두드렸다.

"네가 그걸 보면 아니?"

강주의 왼쪽 입꼬리가 비아냥스레 올라가 있었다. 진의는 강주가 그런 표정을 지을 때마다 속이 뒤집혔다.

"넌 항상 그런 식으로 말하더라."

"사실이잖아."

강주가 이를 살짝 드러내며 킥킥거렸다.

"재수 없어!"

진의가 혼잣말하듯 중얼거렸다. 강주가 능글거렸다.

"재수 저기 있는데?"

"뭐?"

이게 보자 보자 하니까 위아래가 없어. 재수 오라버니가 네 동생이냐?

진의가 의자를 박차고 일어서는 서슬에 재수가 달려왔다.

"웬 소란이냐? 지금 작은 다툼질로 낭비할 시간이 있는 줄 아느냐? 강주 너는 어서 네 할 일을 시작해라. 진의 너도 정신 바짝 차리고. 아주머님이 저리 편찮으시니 네가 주인 노릇을 해내야지. 이제 객주 어른이 안 계신 데다 감검청에서 가게를 이 잡듯 뒤지고 갔다는 소문이 퍼져 봐. 당장 내일부터 하루가 멀다 하고 온갖 사기꾼들이 뜯어먹으려고 덤비지 않겠니. 시간이 없다. 날밤을 새워서라도 저 초일기장 더미를 모두 장부에 옮겨 정리하고 빈틈없이 대비해 놔야 해. 감검청에서 이리 난리를 쳤는데도 밀무역 증거물이 나오지 않은 것은 천만다행이다마는 도대체 누가 감검청에다 거짓 밀고를 했는지도 반드시 밝혀내야 하고."

맞아, 맞아.

진의는 몇 번이고 고개를 끄덕였다. 재수의 말 한마디 한마디가 모두 믿음직스러웠다. 나이는 고작 세 살밖에 많지 않은데, 아버지처럼 부지런하고 똑똑하고 강하고 지혜롭고 의젓한 사람.

재수 저 녀석, 됨됨이가 기특해. 판단력도 좋고 셈도 빠르고.

아버지도 진의 앞에서 늘 그렇게 재수를 칭찬하곤 했다. 그래서 진의는 강주를 한 수 아래로 얕보면서도 재수 앞에서는 함부로 까불지 못했다.

"우선은 힘을 합쳐 가게를 정돈해야 한다. 강주는 나를 돕고, 진의는 안채로 가서 아주머님을 모셔라."

안채에 간들 편히 드러눕지 못할 바에야 진의는 차라리 재수 곁에 있고 싶었다.

"안채엔 망쇠어미가 있으니까, 나는 여기 있을게. 내가 뭐 거들

거 없어?"

뾰루퉁하니 부어 있던 강주가 씹어뱉었다.

"너 같은 계집애는 있어 봤자 거치적거린다. 들어가서 소꿉놀이
나 하셔."

워낙 말을 얄밉게 하는 강주였지만, 오늘따라 언사가 거칠었다.
진의는 강주의 뺨을 한 대 후려치고 싶은 마음을 겨우 억눌렀다.

그때 안채에서 비명 소리가 들려왔다. 머리보다 발이 먼저 움직였
다. 진의는 날 듯이 안채로 달려갔다.

"아기씨. 마님이 피를, 피를…"

망쇠어미가 말을 맺지 못하고 숨을 헐떡거렸다.

"얼른 가서 박 의원님을 모셔 오게."

"예, 아기씨."

망쇠어미가 핏발 선 두 눈을 손바닥으로 문지르곤 제 딴에 뛴답
시고 짧은 다리를 재게 놀렸다. 그러나 열 걸음을 걷지 못하고 허리
를 꺾으며 양손으로 무릎을 짚었다.

진의는 입술을 깨물며 스스로를 다그쳤다.

홍진의, 정신 차려. 망쇠어미는 뼈가 약해 마당 한 바퀴를 채 못
달리는 사람이잖아. 게다가 견불사에서부터 지금껏 새어머니를 수
발했으니 몹시 지쳤겠지. 사람을 쓸 때는 일의 성격에 맞는 사람을
가려서 잘 써야 한다고 아버지가 늘 말씀하시지 않던?

"됐네. 망쇠어미는 거처로 가서 좀 쉬게나."

누굴 보내지?

두리번거리는 진의의 눈에 쪽문 곁에 선 강주와 망쇠가 보였다.

"망쇠야, 네가 말을 타고 가서 의원님을 모셔 오거라."

"예, 아기씨."

강주가 망쇠를 말리며 못마땅한 얼굴로 혀를 찼다.

"쯧쯧. 무얼 믿고 코흘리개 어린애한테 이런 시급한 일을 맡겨? 얘가 중간에 잘못되기라도 하면 어쩌려고. 진의 너도 참, 매사에 세상물정 모르는 어린 아기씨 티를 너무 내는구나."

진의가 무슨 말을 덧붙이기도 전에 강주가 망쇠에게 명령했다.

"따라와라."

거만한 놈. 망쇠가 왜 중간에 잘못돼? 눈치가 빨라서 절간에서도 새우젓을 얻어먹을 아이인걸. 수_僧 사환으로 키웠다가 한밑천을 주어 독립시킬 재목이랬어, 아버지가. 내가 세상물정을 모른다고? 너야말로 우리 집 물정을 얼마나 잘 알기에 매사에 쓸데없는 간섭이니?

말을 하자면 끝이 없겠으나, 진의는 강주와 말을 더 섞기 싫었다. 새어머니가 어떤 상태인지도 궁금했다.

진의가 조심스레 미닫이문을 밀고 들어가자, 두꺼운 솜이불을 덮고 누워 있던 새어머니가 힘겹게 손을 들었다. 방 귀퉁이에 피 묻은 요때기와 수건이 돌돌 말려 있었다.

"진의야, 이리 오너라."

새어머니의 눈가에 눈물이 방울방울 맺혔다간 주르르 흘렀다.

"아버지 핏줄로는 결국 너 하나, 남겠구나."

진의가 새어머니의 손을 잡았다.

"그게 무슨 말씀이세요?"

"이제 피를 보았으니 이 아이를 무사히 낳을 수 있겠느냐? 아이가 죽으면 나도 죽을 생각이다. 서방 잃고 아이 잃고 내가 살아서 무얼 하겠느냐. 미안하다, 진의야. 너는 꼭 살아서 아버지 뒤를 이어야 한다."

진의는 저도 모르게 한 손을 새어머니의 배 위에 얹고 그 속에 자리 잡고 웅크렸을 작고도 작은 아기를 그려 보았다.

내 손가락보다는 클까? 어쩌면 내 주먹만큼 자랐을지도 몰라. 눈, 코, 귀, 입술도 없는 거 없이 다 생겼을 거야.

콧등이 시큰했다.

"어머니, 아기가 들어요. 어머니 말씀을 듣고 있다고요. 아기는 살고 싶대요. 살아서 어머니랑 아버지랑 저랑 식구들 다 만나고 싶대요."

진의는 입술을 깨물며 옷섶에서 손수건을 꺼내어 새어머니의 눈물 젖은 얼굴을 닦아 주었다.

"약속하세요, 어머니. 앞으로는 절대로 그런 안 좋은 얘기, 하지 않겠다고요."

새어머니가 진의의 손아귀에서 제 손을 빼내어 합장하며 흐느

껐다.

"오, 부처님, 자비를 베푸소서."

아버님의 새로운 장사가 무엇인지 궁금하지 않소?

아무리 손을 뻗어도 닿지 않았다. 아무리 소리를 질러도 들리지 않았다. 이곳은 물속인가? 동굴 안인가? 사방이 칠흑처럼 어두운데, 오직 주먹만 한 아기 몸뚱이만이 뽀얗게 빛났다. 아주 작았지만, 눈도 있고 코도 있고 귀도 있고, 있을 건 다 있는 아기였다. 그 아기가 가을 호수처럼 맑은 눈을 힘없이 두어 번 깜빡이다 스르르 감고선 다시 뜨지 않았다.

아가, 숨은 쉬는 거니? 아가… 내 동생….

진의는 마음이 아파서 미칠 지경이었다.

아가, 기다려. 내가 구해 줄게.

하지만 어찌 된 일인지 손가락 하나도 옴짝달싹할 수 없었다.

아가, 죽으면 안 돼. 죽으면 안 돼.

"아기씨, 아기씨. 괜찮으십니까?"

귀에 익은 목소리였다. 진의는 눈을 번쩍 떴다. 속눈썹에 고였던 눈물방울이 또르르 굴러 떨어졌다.

여기가 어디야? 너는 누구지? 아, 내 방이구나. 너는 복실이고.

복실이 울 것 같은 표정으로 말했다.

"아침밥도 안 잡숫고 주무시기에, 어제 그제 많이 피곤하셨나 보다 했습니다. 근데 갑자기 울음소리가…."

"그랬구나."

"지금이라도 아침상을 봐 올까요?"

"됐다. 견불사에 다녀와야겠으니, 채비하여라."

◇◇◇

진의는 부처님 전에 은병과 108배를 바치고 어머니 배 속의 아기 동생이 무사히 태어나기를, 어디 있는지 모르는 아버지가 건강한 모습으로 돌아오기를 빌고 또 빌었다.

"점심 공양은 여기서 하실 요량이지요?"

복실이 물었다. 진의는 손수건으로 이마와 콧등에 맺힌 땀방울을 훔치며 고개만 까딱했다.

"그럼 저는 공양간으로 가서 일손을 돕겠습니다요. 아침도 안 잡숫고 108배를 하셨으니 얼마나 시장하실까, 쯧쯧."

복실이 혀를 차며 멀어져 갔다. 진의는 꼬르륵 소리를 내는 배를 손바닥으로 지그시 눌렀다.

배가 고프긴 고프네. 아버지는 어디서 끼니나 제때 챙겨 드시려나. 꼬박 굶고 계시지나 않을까.

문득 출입문 쪽에서 인기척이 났다.

"홍 객주의 딸이 아니냐? 일행도 없이 혼자 왔느냐?"

진의가 돌아보니 아버지와 친했던 주지스님이 서 있었다. 진의는 얼른 양 손바닥을 붙이고 허리를 깊숙이 꺾었다.

"아닙니다. 하녀를 데리고 왔는데, 지금 공양간에서 점심 준비를 거들고 있습니다."

진의의 눈길이 주지스님 뒤에 선 낯선 사내에게 꽂혔다. 쑥대강이 머리털과 얼굴을 반절은 휘덮은 수염이 눈에 띄었다. 장삼 밖으로 드러난 팔뚝에도 털이 무성했다. 우람한 덩치를 구부정하니 웅숭그린 모습이 영락없는 불곰 형상이었다.

주지스님이 사내를 진의에게 소개했다.

"이 사람은 백현원에서 온 사미승으로 나라 안팎을 두루 다녀 세상 보는 눈이 있단다. 속세에서는 김윤후[1]로 알려졌고 홍 객주와도 오래 알고 지냈지."

---

1. 승려 김윤후는 백현원에 살았는데, 몽골군이 쳐들어오자 처인성으로 피난 갔다가 몽골군 대장 살리타이를 활로 쏘아 죽였다. 이후에도 탁월한 지도력과 전투력으로 몽골군과의 싸움에서 큰 공을 세워 상장군이 되었다.

불곰이 합장 인사를 했다.

"시절이 수상하니 이런 일이 다 있습니다그려. 지난해 국경에서 만나 뵈었을 때 새로운 장사를 시작했다 하시던 말씀이 아직도 귀에 쟁쟁한데 말입니다. 혹시 객주 어른한테서 조그마한 기별이라도 온 게 있는지요?"

새로운 장사라니 그게 무엇일까 궁금하기도 했지만, 진의는 마주 보고 합장한 뒤 고개만 살짝 가로저었다. 안 그래도 마음이 무겁고 어지러운 판에, 골치 아픈 장사 얘기를 캐묻기 싫었다. 하지만 주지 스님은 귀가 솔깃한 듯 불곰 쪽으로 바짝 다가섰다.

"새로운 장사라면, 저고여[2]와 하기로 한 거래 말인가?"

"예. 그자가 이번에 사신으로 올지 안 올지는 모르지만, 그 거래만 이루어져도 상황은 훨씬 나아질 겁니다."

불곰이 자신 있게 말했지만, 주지스님은 보일 듯 말 듯 고개를 저었다.

"그건 그렇고 이번에 국경에서 일어난 사건은 대체 누가 저질렀다 하던가?"

"바위 뒤에 숨어서 목격한 사람 말이, 자기도 모르겠답니다. 그자들이 고려 사람 옷을 입은 채 몽골 상인들을 습격하고는 한 마디 말도 하지 않고 현장을 떴으니까 말입니다. 고려 옷을 입기는 했

---

2. 몽골의 사신으로 고려에 왔다가 돌아가던 중에 국경에서 살해당했는데, 그 죽음을 빌미로 몽골군이 고려를 침략했다.

지만 어딘가 자연스럽지 않은 것으로 보아 우리 고려 사람이 아니라는 심증은 간다고 합니다. 제 생각엔 몽골과 고려 사이를 이간질하려는 여진족이나 거란족인 듯싶습니다. 접때도 그런 일이 있었지 않습니까?"

주지스님이 잠시 생각에 잠겼다.

"몽골인들 중에서 전쟁에 미친 중생들이 우리 고려에 쳐들어올 구실을 만들려고 꾸며 낸 일일 수도 있지. 몽골인들 사이에선 지금이야말로 고려를 칠 때다, 아직은 때가 아니다, 자기네끼리도 의견이 사뭇 나뉘어 있다니 말일세."

"홍 객주가 아무리 애를 쓰고 저고여를 통해 몽골 왕실을 달래더라도 전쟁은 시간문제일 뿐이라는 말씀입니까?"

불곰이 약간 불퉁거리는 말투로 물었다.

"누가 알겠는가. 다만 부처님 은덕으로 고려 백성들의 고통이 덜하기만을 밤낮으로 기도할 따름일세."

주지스님이 나직한 음성으로 나무아미타불 관세음보살을 외며 염주를 돌렸다.

진의는 두 사람 얘기를 귓등으로 들으며 절간 마당귀에 자라난 상사화 이파리를 물끄러미 바라보았다. 상사화는 봄에 생긴 잎이 다 지고 여름이 돼서야 꽃이 핀다. 잎은 꽃을 못 보고 꽃은 잎을 못 보는…. 한 뿌리에서 났으나 결코 만날 수 없는 운명. 혹시나 저것이 아기와 내 운명?

진의는 그런 생각을 하다가 문득 소스라치며 놀랐다. 생각만으로도 죄를 지은 것 같아 다리가 후들거렸다. 새벽에 꾼 악몽의 마지막 장면이 선명히 되살아났다.

불곰이 진의 쪽을 바라보며 말했다.

"소저가 홍 객주의 유일한 핏줄이라니 드리는 말씀이오. 부친께서 비밀리에 시작하신 새로운 장사가 궁금하지 않소?"

진의는 고개를 흔들었다.

절에 온 사이에 아기 동생이 영원히 눈을 감았으면 어떡하지?

가슴이 마구 벌렁거렸다.

"장사 얘기라면 언제든 가게에 들르셔서 이재수 서기에게 하시지요. 저는 급한 볼일이 있어서 이만 물러가렵니다."

불곰이 더 설명하려다 말고 무언가 꺼림칙한 표정을 지은 채 합장하고 돌아섰다. 진의는 신을 꿰어 신는 둥 마는 둥 하며 허겁지겁 공양간으로 복실을 부르러 달려갔다.

내 곁에서 네 개의 눈동자가 반짝반짝하면 얼마나 기분이 좋을까

박 의원이 다녀갔다. 지난번보다 아기가 자랐고 움직임도 많아졌다고 했다. 진의는 안도의 한숨을 내쉬었다. 새어머니 얼굴빛도 덩달아 좋아진 듯했다.

"어머니, 이제 아무 걱정도 하지 마세요. 제가 어제 견불사에서 아버지 소식을 들었지 뭐예요?"

새어머니 눈이 휘둥그레졌다. 찻잔을 쥔 새어머니의 손이 바르르 떨렸다.

진의는 목소리를 더 밝게 꾸몄다.

"털이 많고 덩치가 커서 꼭 불곰처럼 생긴 스님인데 주지스님과도 잘 아시는 분이래요. 그분 말씀이, 아버지께서 몽골 상인들과 엄청 큰 거래를 하신댔어요. 그런 장사는 예전에도 본 적이 없고 앞으로도 다시 없을 거라던데요?"

"지금이라도 견불사에 가면 그 스님을 만날 수 있을까?"

새어머니가 찻잔을 내려놓고는 반쯤 일어서며 물었다.

"아니요. 못 만나세요. 그 불곰 스님도 큰일 하시는 분이라 온 나라 방방곡곡을 돌아다녀야 한댔어요."

"무슨 장사라고?"

"그러니까⋯. 새로운 장사랬어요. 지금까지 누구도 생각하지 못한, 진짜로 새로운 장사요."

진의는 터지려는 딸꾹질을 끅끅 삼켰다.

"규모가 굉장하고 이익이 많이 남는 거래라서 잠시 몸을 숨겨야겠다고 하셨대요, 아버지가. 어머니하고 저하고는 아무 걱정 말고 편안히 있으라고, 이재수 서기가 웬만한 일은 다 알아서 잘 해낼 거라면서⋯. 어머니, 끅, 제가 볼일이 급해서요. 그만 나가 볼게요. 아침밥을 너무 많이 먹었나? *끄윽*."

진의는 아랫배를 부여잡는 척하고 얼른 새어머니 방을 빠져나왔다.

딸꾹.

변소가 아니라 제 방 문 앞에 선 진의는 기어코 딸꾹질을 했다. 딸꾹질이 목구멍을 아프게 한 것도 아닌데, 뜬금없이 찝찔한 눈물 줄기가 볼을 타고 내려와 입술을 적셨다. 진의는 짠맛 나는 입술을 잘근잘근 씹었다.

거짓말을 한 게 아니야. 그 불곰 스님이 분명히 그렇게 말했잖아.
아버지가 새로운 장사를 도모하신다고. 너무 대단한 거래를 준비하
느라 잠시 몸을 숨기신 거야. 다음번에 견불사에 가면 그 불곰 스
님한테, 그 스님 없으면 주지스님한테라도 자세히 여쭤봐야지.

◇◇◇

새어머니는 진의만 보면, 견불사 스님과 아버지 얘기를 묻고 또
물었다. 진의는 날마다 손톱만큼씩 새로운 이야기를 지어냈다. 이야
기는 점점 더 그럴듯해졌다. 때로는 새어머니가 진의도 까맣게 잊었
던 옛날얘기를 들추어 보태기도 했다.

"하긴, 돌아가신 네 친어머니가 몽골 말을 아주 잘하셨다더라. 친
정 숙부 되시는 분이 몽골의 어떤 높은 장군과 형님 동생 하는 사
이여서 그분 연줄로 몽골에서 몇 년 살기도 하셨다지. 아버지가 몽
골과 거래를 하신다면, 네 어머니 인맥을 이용하시는 모양이다."

그러고 보니 어머니가 김취려[3] 장군 조카딸이라는 얘기를 들은
적이 있었다. 진의는 무릎을 쳤다.

봐, 앞뒤가 딱딱 들어맞잖아. 내가 거짓말을 하는 게 아니라니깐.

진의는 제가 한 얘기를 믿기로 결심했다. 예전처럼 아무 걱정 없

---

3. 우리 땅에 침범한 거란족을 몇 번이나 물리친 영웅. 이때는 고려군이 몽골군과 힘을
합쳤으므로 김취려 장군 또한 몽골 장수와 형제처럼 친하게 지냈다고 한다.

이 맛있는 음식을 먹고 예쁜 옷을 입고 까르르까르르 웃기로 했다. 거울을 보며 헝클어진 머리부터 가지런히 빗어 내리기 시작했다. 칠보 떨잠으로 머리를 꾸미고 양쪽 귀에는 나뭇잎 모양 금귀고리를 달았다. 의복도 제일 예쁘고 화려한 비단옷으로 바꿔 입고 나니, 기분이 썩 좋아졌다.

어디, 재수 오라버니가 잘하고 있나 구경하러 가 볼까.

재수는 며칠째 장부를 대조하고 문서를 꼼꼼히 살펴 정당한 외상값은 철저히 갚고 꼼수는 밝히고 사기꾼은 물리치는 중이었다. 매일 꼭두새벽에 일어나 한밤중까지 쉴 틈 없이 일하면서도 피곤한 기색을 비치지 않았다. 어깨와 허리는 변함없이 곧추서 있었고, 목소리는 차분했다. 무엇보다 진의가 좋아하는 것은, 별을 박아 놓은 듯 반짝이는 눈빛이었다. 심술이 뚝뚝 떨어지는 강주의 눈빛과는 비교도 할 수 없었다.

재수 오라버니와 혼인하면 오라버니를 꼭 닮은 아들을 낳을 거야. 내 곁에서 네 개의 눈동자가 반짝반짝하면 얼마나 기분이 좋을까. 아이 손잡고 수희도 더 많이 보러 다녀야지. 진귀한 음식도 더 많이 먹으러 다니고. 장사야 뭐, 재수 오라버니가 아버지 못지않게 잘해 줄 텐데, 내가 신경 쓸 일이 뭐가 있겠어?

진의는 즐거운 상상을 하느라 저도 모르게 미소를 머금었다가 얼른 표정을 관리했다.

내가 철이 없긴 없나 봐. 아버지한테선 소식이 없고 어머니는 병

중인데, 사람들 앞에서 바보처럼 실실거리면 안 되지.

다행히 진의를 눈여겨보는 사람은 없었다. 마침 재수가, 홍상진과 거래가 드문드문 있었던 의주 상인을 꼼짝없이 몰아붙이고 있었기 때문이다.

"저희 객주 어른은 도장 밑에다 반드시 수결을 한 번 더 쓰시는 분입니다. 벽란도 상인이라면 모르는 이가 없을 것입니다. 어르신께서 아무리 의주 분이라지만, 우리 객주 어른과 거래를 하신 이상, 그 사실을 모르실 까닭이 없을 텐데요?"

의주 상인의 허연 턱수염이 부들부들 떨렸다. 어음을 들이밀며 비단 오백 필을 내놓으라고 재촉할 때의 기세는 진작 사라지고 없었다.

"그러게. 늘 젊은 줄 알았더니 요즘 들어 자주 깜빡깜빡하네그려. 내가 필시 착각했나 보이."

의주 상인이 부채를 넓게 펼쳐 누르락붉으락하는 얼굴빛을 감추며 더듬더듬 말했다. 재수는 의주 상인을 더 욕보이지 않고 그쯤에서 물러났다.

"아마도 기력이 쇠하셨나 봅니다. 망쇠야, 이 어르신께 인삼차 한 잔 올려라."

"아니네. 약속 시간이 다 돼서 그만 가 봐야겠네."

의주 상인이 하인을 데리고 총총걸음으로 꽁무니를 뺐다.

어린것들이 어찌하고 있나 보러 왔던, 이웃 책방 주인이 재수를 칭찬했다.

"거, 홍 객주가 장사만 잘하는 줄 알았더니 서기도 똑 부러지게 잘 가르쳐 놨군."

진의는 제가 칭찬을 받은 듯 어깨가 으쓱했다. 실력에서건 대접에서건 재수에게 늘 밀리는 강주가 입술 끝을 일그러뜨리며 툴툴거렸다.

"그 의주 노인네. 사기를 치러 온 게 뻔한데 왜 그냥 보내? 단단히 혼꾸멍내고 망신을 주어야지. 내가 노인네 붙들고 관가에 가자고 닦달했으면 은병 하나쯤은 거뜬히 받아 냈을걸?"

재수가 고개를 저었다.

"궁한 새는 사람을 쪼고 궁지에 몰린 쥐는 고양이를 문다고 했어. 우리는 장사꾼이지 법관이 아니야."

진의는 당연한 듯 재수 편을 들었다.

"오라버니 말이 맞아. 암, 그렇고말고. 아버지도 그러셨잖아. 장사꾼은 사람을 얻어야 한다고. 어지간한 일로는 척지지 말라고."

강주가 눈길을 다른 쪽으로 돌리며 입술을 피가 나도록 깨물었다.

나같이 평범한 사람이 공작새와 무슨 얘기를 하겠니?

"오라버니, 오라버니. 재수 오라버니."

진의가 잰걸음으로 재수에게 다가갔다. 발걸음을 뗄 때마다 늘어뜨린 머리채와 진주 귀고리가 찰랑거렸다.

가는 붓으로 장부책을 정리하던 재수가 붓을 내려놓으며 눈썹을 찡그렸다.

"공부는 마쳤느냐? 마쳤으면 시험을 보자."

요즘 재수는 진의를 보기만 하면 물건 목록 정리하는 법, 장부 읽고 쓰는 법, 어음 거래하는 법 등 서기가 하는 일을 공부하라 들들 볶았다. 진의는 재수 옆에 딱 붙어 앉아 턱을 괴고 재수를 올려다보며 말을 돌렸다.

"오라버니. 임금님께서 예성강변에 오신대. 뱃사공이며 어부며 어마어마하게 나올 거래. 궁중 악단도 오고."

재수가 제 엉덩이를 진의의 엉덩이에서 멀리 떼어 내며 말했다.

"무슨 얘기야?"

"수희! 수희 말이야. 배 위에서 그 많은 사람들이 횃불 춤을 출
거래. 악단은 연주를 하고. 생각해 봐, 오라버니. 그만한 구경거리도
다시없을 거야, 그치? 오라버니, 나랑 같이 갈 거지, 갈 거지?"

진의가 이렇게 떼를 쓰고 콧소리를 내면, 아버지는 언제나 못 이
기는 듯 너털웃음을 웃으며 넘어가 주었다. 하지만 재수는 달랐다.
미간을 찌푸리고 눈살에 힘을 잔뜩 주었다.

"공부시키면 꾸벅꾸벅 조는 녀석이 수희라면 밤을 새워도 생생하
니 원."

"그거야 당연하지. 공부는 재미없고 수희는 너무너무 재미있잖
아."

"장차 객주 어른의 뒤를 이으려면 재미없어도 해야 하는 게 공부
다."

재수 오라버니, 이럴 땐 진짜로 재수 없단 말이야.

진의는 입을 비죽거리며 팔꿈치로 재수의 옆구리를 찔렀다.

"장사야 오라버니가 도맡으면 되지. 어차피 3년 뒤에 우리, 혼인
할 거잖아."

재수가 움찔하며 진의의 눈길을 피했다.

"난, 오라버니도 알다시피 공부나 장사에는 젬병이야. 그러니까

자꾸 나한테 공부, 공부, 공부 타령 좀 하지 마. 하여튼 오늘 밤에 나랑 같이 수희 보러 갈 거지, 갈 거지?"

재수가 진의의 눈길을 피하며 말했다.

"네가 시험을 봐서 다 맞으면."

"하나도 안 틀리고?"

"응."

"그게 뭐야, 쳇."

"내가 헛말 안 하는 성격인 거 알지?"

"알아. 안다고."

진의는 재수와 싸우고 싶지 않았다. 어떻게든 재수를 기분 좋게 만들어 예성강변에서 함께 수희를 관람하고 싶었다.

내가 뭐, 워낙 공부를 싫어하긴 하지만, 일단 하기로 마음만 먹으면 잘하잖아?

그러나 안채로 들어온 진의는 옷장부터 열어젖혔다. 색색의 비단 옷이 장에 꽉 차 있었다. 후다닥 몇 벌 꺼내어 몸에 걸쳐 보았지만, 마음에 쏙 드는 옷이 없었다.

참, 아버지 계실 때 바느질집에 맡겨 놓은 새 옷이 두 벌이나 있는데!

"망쇠어미! 망쇠어미, 게 있는가?"

진의는 제 손으로 제 입술을 탁 쳤다.

어휴, 새어머니 곁에서 잠시도 떨어지지 말고 극진히 수발을 들라고 한 지 얼마나 됐다고.

망쇠어미가 절뚝절뚝 다가왔다.

"어머니는 좀 어떠신가?"

"누워 계십니다. 그래도 오늘은 흑임자죽을 제법 많이 잡수셨습니다. 조금 이따 의원님께서 처방하신 약을 달여 올릴 것입니다."

"자네가 고생이 많구먼. 고맙네."

자네 무릎은 좀 어떤가, 물어보려다 진의는 입을 다물었다. 무릎이 아프다면 당장 어쩔 것인가. 저만치 믿을 만한 사람이 어디 또 있어야지.

어쨌든 안에서 부릴 사람을 하나 더 구할 때까지는 망쇠어미에게 새어머니 수발을 맡길 수밖에 없다, 아기 돌봐 줄 유모도 미리 물색해 두면 좋겠지, 생각을 굴리다 말고 진의는 머리를 흔들었다.

아, 골치 아파. 골치 아픈 일은 누가 다 대신해 줬으면 좋겠어.

진의는 재수와 함께 오빈관 앞 쌍화점에서 고기만두를 먹고 다점茶店에서 그 귀하디귀하다는 용봉차를 마신 다음, 강변에 나란히 앉아 수희를 감상하는 상상을 했다. 단박에 기분이 좋아졌다.

무슨 옷을 입을까. 갖신은 어떤 걸 골라야 옷이랑 잘 어울릴까.

임금님이랑 왕비님은 어떤 옷을 입고 오실까…. 잘 봐 놓았다가 다음번 옷 맞출 때 살짝만 따라 해야지. 바느질집에서 옷을 어떻게 만들어 놨을까. 빛깔이 정말 환상적인 비단이었는데.

참, 이러고 앉았을 시간이 없어.

진의는 탁자에서 발딱 일어서며 여종을 불렀다. 탁자 모서리에 허벅지를 부딪쳤지만, 신경 쓰지 않았다.

"복실아. 복실아. 너, 하던 일 놓아두고 내 심부름부터 다녀오너라."

◇◇◇

진의가 만점을 맞았지만, 재수는 쌍화점도 다점도 약속한 일이 아니라며 단칼에 거절했다. 오직 수희만 함께 보는 것을 허락했다. 어쩔 수 없이 집에서 재수가 평소에 좋아하는 찰밥과 조개젓갈로 소박한 저녁을 먹고 예성강변으로 나섰다.

강변은 발 디딜 틈 없이 빽빽했다. 진의가 재수의 손을 잡으며 말했다.

"이건 뭐, 사람으로 베를 짠 것 같잖아? 그치, 오라버니?"

"네가 네 손으로 베를 짜 본 적이나 있던가?"

재수가 코웃음을 쳤지만, 진의는 귓등으로도 안 듣고 재수의 손을 더 힘주어 붙들었다.

"이쪽으로 가야 해. 망쇠가 자리를 맡아 놓고 있을 거야."

망쇠도 진의만큼이나 수희를 좋아했다. 홍상진이 사라지기 전부터 수희가 있는 날이면 망쇠는 아침을 먹자마자 도시락을 싸 들고 나가 자리를 잡곤 했다. 진의와 재수를 발견한 망쇠가 소리를 치고 손을 흔들었다. 손에 무언가 희끄무레한 것이 들려 있었다.

"황제폐하께서 병환에서 회복되신 기념이라고 궁관들이 조금 전에 이것을 돌렸습니다요. 제가 아기씨 드리려고 아껴 두고 있었습죠. 헤헤."

"연병이네?"

종이에 얌전히 싸인 연병이 꽤나 먹음직스러웠다. 본디 연병이란 밀가루 반죽을 방망이로 밀어 얇게 편 다음 기름에 지져 꿀을 바른 떡인데, 그날 임금이 예성강변의 백성들에게 하사한 연병은 참깨인지 콩인지 소가 들어 볼록했다.

진의가 손을 막 내밀려는 참에, 재수가 말했다.

"우린 저녁을 먹고 왔다. 배고플 텐데, 망쇠 네가 먹지 그러니?"

쳇. 그까짓 찰밥은 진작 소화가 다 됐네요. 자기만 안 먹으면 되지, 왜 나까지 못 먹게 한담? 무슨 맛난 소가 들었을지 궁금한데, 쩝.

진의는 속으로 구시렁거렸다. 뱀이 개구리 삼키듯 망쇠가 두어 번 입질에 연병 한 개를 홀랑 없앴다.

황제와 황후가 뱃머리에 설치한 높은 연단에 앉아 있었다. 시종 무관들이 빈틈없이 에워싸고 있어서 온전히 보이지는 않았지만, 그들이 착용한 갖가지 보석들이 강변에까지 그 휘황찬란한 광채를 드리웠다. 임금의 배를 둘러싼 50여 척의 배도 모두 색깔 고운 돛을 달고 악기를 든 악관들을 태우고 있었다.

그런데, 이 나라에서 제일 힘센 사람은 저분이 아니라지?

지난해 팔관회[4] 때였지 싶다. 엄청난 숫자의 호위무사를 거느린 화려한 행렬이 지나가자 구경꾼들이 모두 고개를 수그리며 물러섰다. 진의는, 행렬 가운데 앉은 저 사람이 황제폐하인가, 아버지에게 물어보았다. 아버지는 가만히 고개를 저었다. 그리고 누가 엿들을세라 주위를 살핀 다음, 혼잣말하듯 나직나직 말했다.

최우[5] 상국[6]이라고, 우리 고려에서 최고로 힘센 사람이다.

황제폐하보다도 세요?

그렇단다. 어지럽고 어지러운 세상이니라. 학자가 학문만 파고들 수 없고 농민이 농사만 지을 수 없고 장사꾼이 장사만 할 수 없는 세상이지. 내 또래는 이미 글렀다 치더라도, 진의 너는, 장사꾼이 마음 편히 장사에만 골몰할 수 있는 시대를 살아야 할 텐데….

망쇠가 혓바닥으로 입가를 핥으며 말했다.

"좀 일찍 오시지 그랬습니까요? 아까는 짧게나마 수박[7]도 했답니다요. 덩치 큰 사내 둘이 싸우는데 한 사람은 호랑이 같고 한 사람은 곰 같은 것이, 잠시도 눈을 떼기 어려웠습죠."

망쇠의 말에, 진의는 재수의 손등을 살짝 꼬집었다.

---

4. 통일신라와 고려시대 때 국가 행사로 치러졌던 의식이다. 불교 제례와 함께 여러 토속 신에 대한 제사와 춤, 노래를 겸하였다.
5. 1219년, 아버지 최충헌의 뒤를 이어 고려 최고 권력자의 자리에 올랐다. 몽골군이 침략하자 강화도로 수도를 옮기고 성을 쌓아 대비했다.
6. 상국은 고구려의 대막리지에 해당하는 자리로서 국가 최고 권력자의 대우를 받았다.
7. 고려시대 무인들이 손만 써서 겨루던 시합으로 오늘날의 권투와 비슷하다.

"들었지, 오라버니. 그러게 내가 서두르자 서두르자 노래를 불렀잖아. 장사야 내일 해도 되는 거지만 이런 구경거리는 때를 놓치면 안 된다고."

재수가 혀를 끌끌 찼다.

"장사도 때를 놓치면 안 되는 거야. 그리고 나는 사내들끼리 치고받고 주먹질하는 놀이엔 흥미 없다."

수희에 앞서 궁중 악관들이 향악과 당악을 연주했다. 강물에 비낀 붉은 저녁놀이 음악 소리에 맞추어 넘실넘실 춤을 추었다. 이윽고 해가 완전히 떨어지자, 배 안에 숨어 있던 춤꾼들이 일제히 횃불을 들고 뛰쳐나왔다. 이마에 동여맨 흰 머리띠, 벌거벗은 웃통에 불꽃 그림자가 너울거렸다. 하늘과 땅이 뒤흔들리는 모습을 보여 주는 것 같았다. 또 한 무리의 채색 옷 입은 사람들이 뛰어나와서는 꽃들이 피어나고 새들이 노래하는 가운데 아기 부처님이 태어나는 장면을 연출했다. 악관들이 처음의 웅장한 음악과 달리 은은하면서도 발랄한 음악으로 아기 부처님의 탄생을 축하했다.

강변의 구경꾼들은 물론이고 황제와 황후도 두 손을 모으고 고개를 숙였다. 진의와 재수, 망쇠도 그리했다. 진의는 아버지와 아기 동생을 위해 남보다 조금 오래 눈을 감고 기도했다.

두 번째 공연은 귀신놀이였다. 귀신 복장을 한 춤꾼들이 숨바꼭질을 하며 불장난을 했다. 망쇠가 입을 헤벌리고 더듬거렸다.

"아기씨, 아기씨, 저거, 저거, 진짜로 귀신입니까요? 사람이 저리

불을 머금었다가 토할 수 있겠습니까요?"

"그러게."

그때, 한 춤꾼이 토한 불이 돛에 옮겨 붙었다. 금세 불덩어리가 된 돛대가 우지끈 부서져 내렸다. 배에 있던 춤꾼들이 소리소리 지르며 강물 속으로 뛰어들었다. 황제가 큰 소리로 웃었다. 황후와 대소신료들이 따라 웃었다. 아닌 게 아니라 다시 보기 힘든 구경거리이기는 했다.

"어쩜!"

진의도 망쇠처럼 입을 헤벌렸다. 불기운 탓에 강변의 밤바람까지 화끈화끈한데 팔뚝에는 되레 소름이 돋았다.

"가자. 더 보기 싫다."

재수가 진의를 돌려세우며 중얼거렸다.

"한낱 눈요기를 위해 대체 무슨 짓을 하는 거냐? 배 한 척 값이 얼마더냐? 배 한 척에 밥줄을 댄 사람들은 또 얼마나 되더냐? 저런 불장난을 하다가 사람이 죽을 수도 있지 않느냐?"

듣고 보니 재수 말이 옳은 성싶었지만, 진의는 못내 아쉬워 자꾸만 뒤를 돌아보았다. 망쇠도 눈앞의 풍경에 넋을 잃은 듯, 앉은자리에서 꼼짝도 하지 않았다.

"망쇠야! 망쇠야!"

재수가 성난 목소리로 재우쳐 불렀다. 망쇠는 그제야 양손으로 바닥을 짚고 일어나 차마 떨어지지 않는 걸음을 뗐다.

◇◇◇

수희를 끝까지 보지 못하고 인파를 헤쳐 나오느라 진의는 기진맥진했다. 하지만 망쇠가 눈치껏 사라져 주었고 재수와 둘이서만 있으니 별이 총총한 밤하늘, 향긋한 꽃향기가 스며든 강바람이 좋기도 했다. 진의의 이마와 콧등에 송골송골 맺힌 땀방울을 보고 재수가 손수건을 꺼냈다.

"땀 닦으련?"

진의는 수줍게 웃으며 손수건을 받았다. 점을 찍듯 콕콕 땀방울을 찍어 내고 보니 손수건에 수놓인 시구가 눈에 들어왔다.

군자만 보면 내 두 눈이 밝게 빛나니
우리 맑은 우정엔 한 치 어긋남도 없어라.
꽃 중에서 우리와 비슷한 것은 오직 연꽃뿐
군자와 더불어 한 평생 연꽃처럼 살고 싶어라.

"이게 뭐야? 오라버니가 군자? 우정은 뭐고 연꽃은 뭐야?"

재수가 멈칫거리며 입을 다셨다. 진의는 걸음을 멈추고 재수의 눈을 똑바로 올려다보았다. 한참 동안 말없이 진의와 눈을 맞추던 재수가 마침내 입을 떼었다.

"가게가 좀 더 안정되면 말하려 했는데…."

재수의 눈길이 갖신 끝으로 내려갔다. 진의가 기다리지 못하고 재수의 갖신을 툭 찼다.

"무얼? 무얼 말하려 했는데? 궁금하니까, 빨리 얘기해."

"사실은 나, 얼마 전에 그 손수건 만들어 준 사람과 혼인을 약속했다. 나보다 한 살 많은 이웃집 아가씬데, 재물은 없지만 시를 제법 짓는다. 늘 부지런히 길쌈을 하고 텃밭을 가꾸어 찬거리를 마련하지. 그 사람과 더불어 시를 주고받으며 오붓하게 살고 싶다."

진의는 머릿속에서 회오리바람이 부는 것 같아 아무 말도 하지 못했다.

"진의야. 네가 나를 도와줘야 한다. 우리 부모님은 재물이 많은 너를 며느리로 맞고 싶어 하시니까 이 혼인을 절대 허락하지 않으실 거다. 그러니까 네가 우리 부모님께 단호히 말씀드려야 한다. 나와 혼인하지 않을 거라고. 그리고 나를 가게에서도 내쫓아야 한다."

침을 꿀꺽 삼키고 나서, 진의가 대꾸했다.

"난 오라버니가 나를 좋아하는 줄 알았는데…."

"좋아해. 하지만 취향이 안 맞아. 너는 보석과 비단을 너무 좋아하고 수희 같은 사치스런 구경거리에 환장을 하지. 마치 가게 뒷마당에 있는 공작새 같아."

공작이라면, 아버지가 대식국[8] 상인한테서 선물 받아 뒷마당 우리에 가둬 두고 기르는 새였다. 진의는 눈썹을 찌푸리고 재수의 눈

....

8. '사라센 제국'을 이르던 말.

동자를 쏘아보았다.

"그 새가 어때서?"

"나처럼 평범한 사람이 공작새와 무슨 얘기를 하겠니?"

얘기가 안 통한다고? 그런 뜻이었어?

자존심이 확 상했다. 진의는 입술을 아프게 깨물고 뒤돌아섰다.

아버지, 아버지

되레 재수가 놀랄 정도로 진의는 단칼에 돌아섰다. 진의는 그 길로 재수를 가게에서 내보냈다. 그리고 편지를 써서 재수와 혼인하지 않겠다는 의사를 재수의 부모에게 또렷이 밝혔다.

재수가 맡았던 업무는 대부분 강주 차지가 됐다. 진의는 강주가 주인인 양 설치는 꼴이 보기 싫어 가게에도 나가지 않았다. 안채에서도 새어머니가 불러들여 아버지 얘기를 해 달라고 조를까 겁이 나서 요리조리 숨어 다녔다.

발이 땅에 닿지 않고 물 위를 둥둥 떠다니는 것 같았다. 불을 덥석 머금긴 했는데 토해 내지 못한 춤꾼처럼 가슴속에 열불이 가득 찼다.

그날 맛보지 못한 용봉차나 마실까?

진의는 복실이도 망쇠도 부르지 않고 혼자서 해동통보[9] 몇 개를 챙겨 들고 오빈관 앞 왕씨네 다점에 갔다. 용봉차를 주문하자, 푸른 두루마기에 옅은 옥색 바지를 입은 사내종이 다탁을 밀고 와서 차를 우렸다. 그가 송나라 말로 무어라 외치자, 붉은 두루마기에 옅은 분홍 주름치마를 입은 계집종이 찻잔에 차를 따라 진의 앞에 내려놓았다.

진의는 자꾸만 흐트러지려는 마음을 억지로 차에 집중시켰다. 눈으로 차 빛깔을 감상하고 코로 차향을 맡았다. 차 맛을 음미하겠다고 찻물을 입안에서 가만가만 굴리기도 했다.

명차는 명차로다. 첫맛은 쌉쌀한데 뒷맛은 은은하니 달구나. 우리나라도 이런 명차를 만들 수 있으면 좋을 텐데. 차 맛이 떫고 쓰기만 하면….

그런데 왜 나한테는 떫고도 쓴 일만 거푸 일어나는 걸까?

저도 모르게 눈물이 두 볼을 흠뻑 적셨다. 진의는 옷섶에서 흰 비단 손수건을 꺼내 얼굴을 닦았다. 잘 차려입은 아기씨가 시종도 없이 혼자 앉아 왜 이러나 싶었던지, 차를 우려 준 사내종이 다점에서 일하는 다른 사내종에게 귓속말을 하며 진의를 힐끔거렸다.

웬만큼 흘렸다 싶은데도 눈물이 멈추지 않았다.

이제야 알겠어. 견불사에서 새어머니가 그리 구슬피 우실 때, 왜

9. 고려 숙종 7년(1102)에 주조하여 유통시킨 동전.

나는 눈물이 나지 않았는지. 나는 아버지가 내 곁에 없다는 사실을 인정하지 않았던 거야.

아버지, 아버지.

진의는 깨달았다. 단지 재수와 그렇게 헤어진 것 때문이 아니었다. 언제든 기댈 수 있고 떼를 쓰고 어리광 부릴 수 있는, 하늘처럼 땅처럼 믿고 의지하던 아버지가 곁에 없다는 사실이 이제야 뼈에 사무치는 것이었다. 그러니까 재수는 아버지 대신이었다. 재수를 보면서 재수를 보는 게 아니라 아버지를 보았던 것이다. 재수는 아버지가 아니라는 사실, 아버지와는 달라도 너무 다르다는 사실을 깨달은 순간, 진의는 재수를 버릴 수 있었다. 하지만 가슴에는 끝을 알 수 없는 깊은 동굴이 뚫렸다. 그 동굴이 으르렁으르렁 울렸다. 누르고 눌렀던 울음소리가 그예 진의의 목구멍을 타고 올라왔다.

진의는 들었다. 듣지 않을 수 없었다. 아버지는 오래도록 소식이 없고 어쩌면 다시 못 만날지도 모른다…. 제 으르렁거리는 울음소리가 그리 말하고 있었다. 슬픔이 덫에 걸린 산짐승처럼 미쳐 날뛰었다.

다점의 하인들이 달려와서 진의를 둘러쌌다.

"아기씨, 왜 이러십니까? 아기씨, 아기씨. 허어, 이 일을 어쩌하누."

그 은병을 전부 써서
송나라 청옥을 사서 쟁여라

아침나절 내내 기다린 보람이 있었던지, 마침내 공작새가 꽁지를 펼쳤다. 진의는 눈을 크게 떴다.

푸른빛, 연둣빛, 노란빛, 잿빛, 흰빛이 어울린 그것은 고운 비단이랄까, 부채랄까, 병풍이랄까, 너울이랄까. 하늘나라 선녀가 있다면 꼭 그 공작새 꽁지 같은 치마를 입고 다닐 것 같았다.

너는 누구니? 눈부시게 아름답지만 얘기가 통하지 않는 너. 너, 누구니?

당연히 공작은 진의에게 아무 관심도 보이지 않았고, 진의의 물음은 진의 자신에게로 되돌아갔다.

아버지도 없고 재수 오라버니도 없는데, 홍진의 너, 누구를 믿고 살 거니? 무슨 수로 가게를 지키고 아기 동생을 지킬 거니?

벽란도의 새끼 호랑이

시간이 얼마나 흘렀을까. 공작새 앞에서 꼼짝하지 않고 앉아 있는 진의에게 강주가 다가왔다.

"야, 홍진의. 뭐해? 남은 바빠 죽겠는데 멍하니 공작새나 보고 있는 건 무슨 경우니? 우리 아버님이 부르셨어. 빠른 말을 타고 오라신다."

"왜?"

"왜는 우리나라 옆에 있는 섬나라지. 너는 왜놈도 아니면서 왜 자꾸 왜, 왜, 하는 거니? 예의 바른 고려인은 어른이 부르시면 말없이 따르는 거야. 어른이 시키시는 일에 왜라고 묻는 것은 무례한 짓이라고."

"우리 아버진 안 그러셨어. 어떤 경우든 왜를 잊지 말라 하셨어."

진의가 짜증이 묻어나는 말투로 대꾸하자, 강주가 떼쟁이 아이를 야단치는 아비처럼 눈을 부라렸다.

"자꾸 세 살 먹은 어린애처럼 굴래? 너는 이제 내 약혼자야. 그러니까 내 아버님이 네 아버님이 되고 우리 아버님이 되는 거라고."

진의는 바르르 떨리는 입술을 지그시 깨물었다. 딱 부러지게 맞받아치고 싶은 마음이야 굴뚝같았지만, 지금 입을 열면 또 가슴속 동굴이 울리며 그 으르렁거리는 울음소리를 토해 낼 성싶었다. 강주의 말이 전혀 엉터리도 아니었다. 강주와 재수를 가게에 받아들일 때부터 홍상진은 진의에게 두 사람 중 하나와 혼인하여 가게를 이어받으라고 여러 번 말했더랬다. 진의는 재수가 좋았기에 군말 없이 받아들였다. 그런데 재수를 내보내고 말았으니, 강주와 자동으로 약혼이 이루어진 셈이라 해도 영 틀린 말은 아닌 것이다.

강주의 아버지 김자명은 개경을 쥐락펴락하는 부자 점쟁이다. 최우 상국의 점을 도맡아 봐 주고 때맞춰 뇌물을 바리바리 갖다 바친 덕을 톡톡히 보고 있다는 소문이 돌았다. 또한 무엇이 흥하고 무엇이 망할지 장사 점을 귀신같이 본다고 소문이 나서 고려의 상인치고 김자명의 집 문턱을 밟아 보지 않은 자가 없다고 했다. 미신을 믿지 않는 홍상진조차 김자명과는 친하게 지냈었다. 그러니 진의가 가게를 번창시키려면 강주의 말대로 김자명을 아버님처럼 받들어 모셔야 하는 것인지도 모른다.

진의는 한숨을 쉬며 공작새에게 눈길을 돌렸다. 공작은 내가 언제 꽁지를 펼쳤느냐는 듯 얌전히 앉아 딴청을 피웠다. 그런데 마치 공작의 부리가 사람 말을 하는 듯, 귀에 선 목소리가 진의의 머릿속을 콕콕 쪼았다.

공작새가 땀 흘리며 일하는 모습, 본 적 있니? 이재수 서기는 홍진의가 제 손으로 제 머리로 하는 일은 아무것도 없이 겉치장에만 힘쓰는 모습이 싫었던 거야. 어떠니, 너도 일 좀 해 보지 그래? 네 손으로, 네 머리로.

"좋아. 가자."

진의가 양손으로 치맛자락을 말아 쥐며 일어나 마구간 쪽으로 걸음을 떼었다. 진의가 뜻밖에 순순한 태도를 보이자 강주가 조금 놀란 표정으로 뒤따랐다.

◇◇◇

김자명은 실내에서도 모자를 쓰고 겉옷을 모두 갖춰 입고 있었
다. 광대뼈가 높이 솟았고, 풍성한 턱수염이 앞가슴을 뒤덮다시피
했다. 그의 팔꿈치에서 세 뼘쯤 되는 곳에는 웬만한 귀족의 집에도
없을, 굉장히 귀해 보이는, 거북이 모양의 청자향로가 있었다. 향로
에서 향내 나는 연기가 구름처럼 뭉게뭉게 피어올랐다. 연기 때문에
어렴풋해서인지 자명은 어딘가 이 세상 사람 같지 않게 괴이했다.

"네가 진의렷다?"

크고 굵고 탁한 목소리였다.

"예? 아. 예."

진의가 기어 들어가는 목소리로 겨우 대답했다.

"우선 차 한잔 하여라."

은쟁반을 들고 온 하녀가 금색 꽃무늬가 있는 검은 잔에 납차를
따라 주었다. 찻잎을 떡처럼 굳혀서 꿀을 바른 것이 납차다. 뜨거운
물에 넣으면 젖 같은 기름이 뜨는데, 그 모습이 마치 밀랍을 녹인
것 같다고 하여 납차라는 이름을 얻었다고 했다.

"내 입맛에는 용봉차보다 이 납차가 좋다. 너는 어떠하냐?"

진의가 찻잔을 감싸 쥐며 강주를 바라보았다.

누구한테 묻는 거니?

네가 대답하라는 뜻으로 강주가 왼눈을 찡긋했다.

진의가 입에 머금은 찻물을 꿀걱 삼키고 대답했다.

"용봉차는 용봉차대로 납차는 납차대로 특유의 맛이 있는지라…. 차 맛이란 언제, 어디서, 누구와 마시느냐에 따라 달라지는 것으로 압니다."

"흥 객주가 딸 자랑을 많이 하더니만, 과연 똑똑하도다. 똑똑한 아이니까 계산도 금방 하렷다. 계산해 보아라. 나한테는 강주 말고 다른 자식이 없다. 강주가 내 재산을 모두 물려받는다는 얘기다. 너희 집안과 우리 집안 재물을 합치고 그것을 눈덩이 굴리듯 굴리면 장차 고려 최고의 부자가 되지 않겠느냐?"

말을 마친 김자명이 굉장히 큰 소리로 껄껄 웃었다. 진의는 당황하여 찻잔을 떨어뜨릴 뻔했다.

"조심해라. 그 찻잔이 얼마짜리인 줄이나 아느냐? 송나라에서 들여온 금화오잔이니라."

으악, 맹인이 아니었나?

진의가 목을 움츠렸다.

"이제 나는 네 아버지이고 너는 내 하나밖에 없는 며느리이다. 무엇이 무섭다고 자라목을 하느냐?"

진의는 더욱 놀라 어안이 벙벙할 지경이었다.

분명, 맹인이랬는데?

진의는 얼른 목과 어깨를 곧추세우고 자명을 유심히 관찰했다. 모자 그늘 때문에 식별이 잘 되지는 않았지만, 자명의 눈동자는 푸른 점이 박힌 새알 같았다. 명령만 내려 주십시오, 하는 자세로 자명의 곁에 바짝 붙어 앉은 사내는 흰자위가 고양이처럼 싯누렇고 뺨이 검붉었다. 고양이 눈알은 줄곧 진의를 노려보고 있었다. 자명이 죽이라 명령하면 곧바로 칼을 빼 들고 진의를 찌르기라도 할 기세였다. 진의는 이마에서 흘러내리는 식은땀을 닦지도 못하고 속말을 중얼거렸다.

괜히 넘겨짚는 거야. 정신 똑바로 차려야겠어, 홍진의.

"어떠냐, 강주야. 여윳돈은 좀 모았느냐?"

자명은 벌써 강주가 가게 주인이 다 된 것처럼 강주에게 돈 얘기를 했다. 강주는 아버지 앞에 앉은 아들이 아니라 심문을 받는 죄인처럼 납작 엎드려 대답했다.

"객주 어른이 안 계시어 힘든 점이 많았으나, 지난달 장사를 매우 잘하여 은병 스무 개를 모았습니다."

"잘했다."

기가 막힌 진의가 강주를 돌아보았다. 숱한 어려움을 해결하고 지난달 큰 수익을 낸 것은 모두 이재수 서기의 공이 아닌가. 그러나 강주는 옆에 있는 진의보다 탁자 맞은편에 앉은 부친에게 온 신경을 곤두세우고 있었다.

"그 은병을 전부 써서 송나라 청옥을 사서 쟁여라. 머지않아 다

섯 배 이상 값이 올라갈 물건이다."

"예, 아버님."

자명도 강주도, 정작 진의가 무슨 생각을 하는지는 묻지도 않았
다. 진의는 어이가 없었지만, 무엇을 어디서부터 어떻게 따져 물어
야 할지 갈피를 잡지 못했다.

약으로도 못 고치는 바보를 누가 고치랴?

"쯧쯧. 이건 장사가 아니라 사기야, 사기! 홍 객주가 있었으면 이런 짓을 할까 보냐?"

이웃 책방 노인이 화를 내며 삿대질을 해 댔다. 막내딸 혼사에 예물로 쓸 청옥을 구하러 왔다가 너무 비싼 가격에 충격을 받은 것이다. 다른 물품은 취급하지 않고 오직 송나라 서적만 수입하여 학자들에게 팔아 온 노인은, 한낱 물건이 아니라 지식을 유통한다는 자부심이 대단했다. 눈앞의 작은 이익에 간과 쓸개를 다 내놓는 꼬락서니가 보기 싫다며 웬만한 상인들과는 말도 섞지 않았는데, 홍 상진만은 상도를 아는 사람이라며 때때로 어울려 차를 마시거나 바둑을 두곤 했더랬다.

"얻다 대고 삿대질이오? 사기 싫으면 안 사면 되잖소."

강주가 위아래를 무시하고 대들었다. 앞 못 보는 아버지 앞에서는 감히 고개도 들지 못하더니 수염이 허연 이웃집 노인 앞에서는 턱을 빳빳이 치켜들고 핏대를 세웠다.

"뒤에 늘어선 줄을 좀 보시오. 노인네 아니라도 살 사람 많소이다. 어서 길이나 비켜 주시구려."

씩씩거리며 마른 입술만 달싹거리던 노인이 의자에서 일어서며 고함을 쳤다.

"진의는 어디 있느냐? 언제부터 홍 객주의 가게가 김강주의 것이 되었느냐?"

행여 노인의 눈에 띌까, 진의는 얼른 별실 귀퉁이로 몸을 숨겼다. 책방 노인에게 부끄럽고 송구하여 쥐구멍에라도 숨고 싶은 마음뿐이었다. 반투명한 얇은 비단을 문 대신 늘어뜨린 공간이라 얼마든지 바깥 동정을 살필 수는 있되, 바깥에서는 들여다보기 쉽지 않은 곳이었다.

강주가 상점 안쪽 온돌방 바로 앞에 마련해 준 별실은 아늑하고 화려했다. 송나라에서 온 비단 견본이 색색으로 구비되어 있었고, 대식국, 월남, 왜국 등에서 들어온 예쁘고 신기한 장신구들도 선반마다 가득했다. 강주가 제 딴에는 엄청나게 신경을 쓴 모양이었다. 벽장이며 의자며 거울이며 모두 진의의 취향에 꼭 맞았다. 그러나 진의는 별실이 불편하고 갑갑했다. 필요한 건 뭐든지 구해 주겠다며 으스대는 강주의 모습이 눈꼴셔서일까. 진의는 아무리 가져도 더

가지고 싶던 비단이며 장신구에 흥미를 잃어버렸다.

오늘 아침, 강주는 진의를 별실에 들어앉히면서 단단히 주의를 주었더랬다.

"무얼 사 달라는 얘기는 얼마든지 해도 좋아. 하지만, 우리 아버님이 시키신 일을 가지고 이러쿵저러쿵 군소리하는 짓은 절대 용납 못 해."

"이건 군소리가 아니야. 나는 장사도 모르고 상도도 모르지만, 세상 사람들을 속여서 이문을 취하는 짓은 아무래도 내키지 않아."

"상도가 따로 있는 게 아니고 어떻게 해서든 돈을 벌면 그게 바로 상도야."

"돈만 벌고 사람을 잃으면? 나 같아도 이런 식으로 장사하는 가게에 다시 오기 싫겠다."

"너는 어떻게 뭐든지 거꾸로 생각하니? 돈만 벌고 사람을 잃는 경우는 거의 없어. 돈 있으면 저절로 따라붙는 게 사람이거든. 물론 책방 노인네처럼 꼬장꼬장하니 고집만 피우는 사람도 있지. 그런 사람은 고집 피우다 저 혼자 죽는 거고. 하여튼 진의 너는 아무 생각 말고 무조건 나만 따라오면 돼. 네가 장사에는 소질이 없다는 거, 네가 더 잘 알잖아. 너는 그냥, 장사처럼 골치 아픈 일에는 신경 끄고 이 별실에서 이것저것 입어 보고 걸쳐 보며 재미있게 놀아."

가게 중앙에 놓인 홍상진의 의자는 어느새 김강주가 차지했다. 그는 진의가 안 된다고 분명히 얘기했는데도 제 맘대로 송나라 청옥을 사재기했고, 김자명은 송나라 청옥으로 팔찌를 해야 복을 받고 화를 물리친다고 점 보러 온 개경 사람들을 홀렸다. 그러자 자녀 혼인을 앞둔 사람, 아기 돌이나 어른 회갑을 맞은 개경 사람들이 꼬리에 꼬리를 물고 찾아왔다.

책방 노인이 뒷짐을 진 채로 가게 문턱을 넘다가 고개를 설레설레 저었다.

"진의 그 아이, 제 아비가 똑똑하다고 칭찬하기에 그런 줄 알았더니 약으로도 못 고칠 바보였구먼."

진의는 울음을 삼키려 이를 악물었다.

약으로도 못 고칠 바보. 딱 네 모습이구나. 그렇지?

진의는 제 몸에서 금귀고리, 금 목걸이, 청옥 팔찌, 칠보 뒤꽂이를 모두 빼서 서랍에 넣었다. 주인 자리 내주고 별실에 들어앉은 제 모습이 뒤뜰 울타리에 갇혀 꽁지 자랑이나 하는 공작새와 똑같다는 생각이 들어서였다.

◇ ◇ ◇

밤새 잠을 이루지 못하고 뒤척거리고 나니, 희끄무레 밝아오는 새벽빛이 도리어 반가웠다. 진의는 아무에게도 말하지 않고 살그머니 집을 나섰다. 곁방에서 코를 고는 복실이도 깨우지 않았다. 데리고 가 봐야 끼니거리 챙겨 주겠다고 안절부절못하는 모양 때문에 괜스레 신경 쓰일 게 뻔했다.

견불사 가는 길이야 한밤중엔들 헷갈릴 까닭이 없었다. 진의 입장에서 보자면, 어머니 배 속에서부터 다닌 길이었다. 얼굴도 기억나지 않는 친어머니가 아기 하나 점지해 주기를 빌며, 그 아기 무사히 낳아 기르기를 빌며, 다니고 또 다니던 길이었다. 어머니 품에 안겨서도 다녔고 어머니 돌아가신 다음에는 아버지 품에 안겨, 나중에는 제 발로 걸어서 숱하게도 다녔다. 그런데 어둑새벽에 홀로 나선 길이라 무섬증이 났는지 길이 생각만큼 쉬 줄어들지 않았다.

겉옷을 하나 더 걸치고 올걸 그랬나?

진의는 등과 어깨가 시려 제풀에 몸을 움츠렸다. 여름인 줄 알았더니, 새벽 공기가 우물물처럼 선뜩했다. 어디선가 나뭇가지 부러지는 소리, 나뭇잎 찢기는 소리, 물 흐르는 소리, 새소리가 들렸다.

이 소리는?

진의는 걸음을 멈추고 귀를 쫑긋했다. 숨소리였다. 주위가 일시에 조용해지면서 단연 도드라지는 거친 숨소리.

귀신일까, 호랑이일까?

나무를 타야 할까, 뒤돌아 도망을 가야 할까?

진의가 판단을 하지 못하고 얼어붙어 있는 사이, 등 굽은 소나무 두 그루 사이로 숨소리가 제 정체를 드러냈다. 그림에서만 본 적 있는 호랑이였다. 머릿속이 하얗게 비었다가 꺼멓게 먹통이 되어 갔다.

복실이한테 얘기라도 하고 올걸. 이대로 고스란히 잡아먹히면, 내

가 어디서 죽었는지도 모를 텐데. 아버지도 이런 식으로 돌아가신 걸까?

아버지 생각에 진의가 움찔하자, 그림처럼 가만히 있던 호랑이도 움찔했다.

도망가자, 죽을 때 죽더라도 도망가자, 진의가 그런 생각을 하고 발부리를 막 돌리려는 참에, 지팡이 같은 것이 진의의 발목을 톡 건드렸다. 바람처럼 가벼운 목소리가 뒤따랐다.

"돌아서지 마라. 저놈 뱃구레가 땅바닥에 닿을 것 같이 불룩하지 않으냐? 배부른 호랑이는 사람을 잡아먹지 않는다. 하지만 네가 돌아서 달아나면 놈은 너를 쫓을 것이다. 그것이 놈의 본성이니라. 꼼짝하지 말고 놈의 눈동자를 노려보아라."

진의는 눈을 부릅떴다. 노란빛이 반들거리는 호랑이의 눈이 무서워 당장이라도 눈을 감아 버리고 싶었지만, 바로 뒤에서 지켜보는 사람이 있다고 생각하니 힘이 났다.

눈싸움이 얼마나 지속되었을까….

이윽고 호랑이가 소나무 그늘 사이로 사라졌다.

진의는 후우, 안도의 한숨을 쉬며 눈을 감았다 떴다. 어지러웠다. 곧 해가 뜨려는지 불그스름하니 물든 하늘이 빙글빙글 돌았다. 진의의 다리도 휘청거렸다.

"그놈 참, 어미 잃고 어찌 살아 낼까 싶었더니 용케 새끼 티를 벗었구먼."

가벼운 목소리가 진의를 스쳐 지나갔다.

아, 감사 인사를 올려야지.

진의는 돌아서서 합장하고 허리를 깊숙이 꺾었다. 낡은 장삼 자락과 지팡이가 보이는 듯싶다 금세 사라졌다.

"고맙습니다…?"

진의는 얼른 허리를 세우고 두리번거렸지만, 보이는 것은 바람에 하느작거리는 풀잎, 꽃잎뿐이었다.

견불사 근처 토굴에서 솔잎만 잡숫고 수행하신다는 그 노스님인가? 그 스님은 밤낮 토굴 속에만 계신다던데?

여전히 어지럽고 얼떨떨하여 진의는 두 손으로 눈두덩을 비비고 뺨을 찰싹찰싹 때렸다. 다시금 걸음을 떼긴 떼었지만, 휘늘어진 나뭇가지를 잡아 올리는 손도 길바닥에 닿는 발도 죄다 남의 것처럼 새롭고 낯설었다.

밤새 잠을 못 잔 탓에 꿈을 꾸었나? 호랑이와 스님이 나오는 꿈이라니, 희한하기도 하지.

꿈인지 생시인지 긴가민가한 와중에 진의는 또 걸음을 멈추었다. 이번에는 냄새였다. 비린내, 그것도 아주 싱싱한 피비린내. 꿈속의 냄새라기엔 너무 생생했다. 코가 절로 쿵쿵거렸다. 진의는 땅이 꺼질라 조심조심, 한 발 한 발, 앞으로 나아갔다.

저것은!

호랑이에게 뜯어 먹힌 노루의 잔해였다. 아직 온기가 가시지 않은 창자에서 김이 모락모락 오르고 있었다.

◇◇◇

구백구십팔 배.

구백구십구 배.

일천 배.

진의는 이마를 마룻바닥에 대고 일어나지 못했다. 다리오금이 남의 것처럼 펴지지 않았다. 온몸이 소나비 맞은 사람처럼 흠뻑 젖었고 방석도 땀으로 흥건했다. 마침 법당 안팎으로 인기척이 없었기에 진의는 일천 배를 바치며 가슴에 품었던 소원을 입 밖으로 꺼냈다.

"자비로우신 부처님. 약으로도 못 고치는 바보를 고쳐 주십시오."

쯧쯧. 법당 밖에서 혀 차는 소리가 들려왔다. 진의는 깜짝 놀라 엎드려 있지도 못 하고 일어나 앉지도 못 하고 엉거주춤했다.

"그것이 부처님으로 보이느냐? 한낱 돌덩어리일 뿐이다. 돌덩어리가 무슨 수로 사람을 고치랴? 약으로도 못 고치는 바보를 누가 고치랴?"

음성이 바람결에 날리는 나뭇잎처럼 가벼웠다. 왠지 귀에 익은 목소리였다. 진의는 얼굴을 들고 눈심지를 돋우었다.

앗, 저 지팡이!

진의는 벌떡 일어나 문 쪽으로 달려가려 했다. 그러나 일천 번 굽

했다 폈다 한 무릎이라 힘이 없었던지, 한 발짝 만에 걸음이 뒤엉키며 마룻바닥에 미끄러지고 말았다. 기다시피 나아가 문지방에 손바닥을 올렸으나, 지팡이의 주인은 이미 흔적도 없이 사라진 뒤였다. 그가 사라진 곳을 향해 허리를 굽힌 이는 진의도 잘 아는 주지스님이었다.

진의는 무릎을 서너 번 주무른 뒤, 문지방을 넘어 댓돌을 딛고 갖신을 꿰었다. 주지스님이 돌아섰다. 진의는 주지스님에게 합장하고 물었다.

"방금까지 계셨던 그 스님, 혹시 솔잎만 드시면서 토굴에서 수십 년째 수행하신다는 그 노스님이십니까?"

"토굴에서 수행하시는 건 맞는데, 솔잎만 드시는 건 아니란다. 두어 달에 한 번쯤 우리 절에 오셔서 미숫가루를 가져가시니 말이다."

아하!

진의는, 합장하고 돌아서려는 주지스님을 붙들어 세웠다.

"제가 그 토굴로 스님을 찾아뵈어도 될까요?"

"실은 그곳이 어딘지 아는 이가 없단다. 어느 벼랑 아래 눈에 띄지 않는 토굴이라는데, 누구도 가 본 이가 없으니."

진의는 좀 멍한 표정으로 고개를 끄덕였다.

나 같은 아이까지 제멋대로 드나든다면 번잡스럽긴 하겠다만, 그래도 그렇지. 한 달도 아니고 일 년도 아니고 도대체 심심하고 지루해서 어찌 사실까.

어쩔 수 없어. 주지스님께라도 여쭈어봐야겠다. 창피하지만….

"저, 스님. 사실은 아까 제가 무엇인가를 열심히 빌고 있었는데요. 그 노스님께서 저더러 불상은 한낱 돌덩어리일 뿐이니 불상에다 대고 무얼 해 달라고 빌지 말라 하셨습니다. 그 말씀이 무슨 뜻인지요?"

주지스님이 염주 굴리던 손을 잠깐 멈추고 눈웃음을 지었다.

"네 어머니가 아주 어릴 때부터 알고 지냈단다. 몸이 허약한 데다 늘 철없이 굴고 장난이 심해 네 외조부모님 걱정이 이만저만하지 않았지. 저것이 나중에 남의 아내가 되고 어미가 될 수나 있을까, 하면서. 두 분이서 부처님께 빌기도 많이 빌었지. 하나뿐인 딸, 그저 사람으로 태어난 값이나 하고 살게끔 해 달라고."

주지스님이 다시 염주를 굴리며 말을 이었다.

"네 어머니가 벽란도 가게의 일개 심부름꾼과 혼인을 하겠다고 쇠심줄 고집을 세울 때는 부처님을 원망하기까지 하더구나. 다 갖춰진 부잣집에 시집을 보내도 근심이 한 가마니 가득할 판국에 부모도 재산도 없고 달랑 몸뚱어리 하나만 가진 네 아버지와 혼인을 하겠다니 말이지. 종내 허락을 해 주긴 했지만, 행여 외동따님이 잘못될까 걱정이 깊고 깊어 이 절에서 살다시피 하며 백일기도, 천일기도를 올리곤 하셨다. 하지만 너도 알다시피 오늘날 벽란도에서 손꼽히는 그 가게를 누가 키워 냈느냐? 진의야, 생각해 보아라. 네 외조부모님이 불상에 절한 덕으로 그리되었겠느냐, 아니면 네 어머니가 본래 지녔던 성격과 자질을 스스로 일깨운 것이겠느냐?"

진의가 곧바로 대답하지 못하고 머뭇거리자, 주지스님의 미소가 눈가에서 입가로 번졌다.

"너는 답을 알고 있다. 네 어머니 배 속에서부터 드나든 절이 아니더냐? 그만치 숱하게 우리 절 현판을 보고도 모를 리가 없지 않느냐?"

진의는 눈만 끔벅거리며 서 있었다. 주지스님이 합장하고는 조용히 멀어져 갔다.

견불사! 견, 불.

진의는 절 이름을 몇 번이고 되뇌었다.

견, 불. 부처를 본다. 내 마음에 모신 부처를 본다.

진의야, 네 마음속에 부처님이 계셔. 그 부처님을 불러내렴. 네 속에는 약으로 못 고치는 바보도 있고 부처님도 있단다. 누구를 불러낼 거야? 누가 네 삶을 이끌게 할 참이야?

절을 나서면서 진의는 새삼스레 현판을 다시 보았다. 견, 불, 사.

무인들이 칼을 휘두르며 법을 주무르니 무법천지

오랜만에 거실이 꽉 찼다. 늘 안방에서 시름시름 앓기나 하던 새어머니가 식구들을 불러 모은 것은 처음 있다시피 한 일이라 다들 무척 궁금하면서도 걱정스러운 낯빛을 하고 둘러앉아 있었다. 새어머니는 오랜만에 머리를 틀어 올리고 겉옷과 허리띠까지 격식을 갖추어 차려입었다. 느슨하게 늘어뜨린 허리띠 아래, 배가 제법 봉긋하니 솟았다.

망쇠어미의 도움을 받아 진의, 강주를 비롯하여 가게 일꾼, 하인들에게까지 빠짐없이 차 한 잔씩을 따라 준 새어머니가 마침내 입을 열었다.

"진의와 강주는 들어라. 너희는 엄밀히 따지면 약혼한 사이가 아니다. 김강주는 약혼자 후보였을 뿐이지 약혼자로 승인받은 적이 없었단 말이다. 진의 아버지가 재수와 강주 둘 중에서 진의 신랑감을 찾겠다는 말씀을 하시긴 했지. 그리고 재수가 탈락했으니 저절로 너희 둘 사이에 약혼이 성립됐다고 착각한 모양이다마는, 약혼이란 건 양쪽 부모가 만나 정식으로 확인을 해야 이루어지는 법이다. 우리 집안과 김씨 집안 사이에 그런 일은 없었다."

새어머니의 말에 강주는 날벼락을 맞은 표정이었다.

"보다시피 나는 해산할 때까지 절대 안정을 취해야 할 몸이라 가게 일은 모두 진의가 주관한다. 홍진의가 이 상점의 주인이란 말이다. 강주 너는 서기로서 진의의 말을 따라야 한다. 그런데 네가 주인 말을 무시하고 마음대로 경영을 했으니, 주인이 해고를 하더라도 할 말이 없지 않겠느냐?"

강주가 꽉 쥔 주먹을 흔들며 항변했다.

"말도 안 됩니다. 제가 얼마나 많은 이문을 남겼는지 아십니까?"

새어머니가 진의에게로 눈길을 돌렸다.

"진의야, 이 문제에 대해 네 생각을 말하려무나."

진의가 목청을 가다듬고 또박또박 말했다.

"제가 원치 않은 이문입니다. 김강주가 청옥 장사로 남긴 이문은 김강주가 모두 가져가도록 하지요."

망쇠어미가 강주를 째려보던 가자미눈을 진의에게 돌리고 말했다.

"아기씨, 그건 아닙니다요. 밑천을 누가 댔나 생각해 보십쇼. 장사도 이 가게에서 했지 다른 데서 했답니까요? 절반씩 나누더라도 김강주 서기한테 이득입니다요. 암요, 그렇고 말고요. 아이고, 마님. 한 말씀 해 주십쇼. 장삿집에서 계산은 똑바로 해야 합지요. 안 그렇습니까요, 마님?"

망쇠어미가 제 편을 들어달라는 눈빛으로 새어머니를 바라보았다.

"진의가 결정했다면 그것으로 끝이네."

새어머니가 의자에서 일어나다 비틀거리자, 망쇠어미가 재빨리 새어머니의 겨드랑이에 손을 넣어 곁부축했다.

"마님도 참. 우리 아기씨가 귀하게만 자라서 세상 물정을 몰라도 너무 몰라…."

망쇠어미가 미련을 못 버리고 쭝덜거렸다. 새어머니는 걸음새를 바루자마자 망쇠어미 손을 뿌리쳤다.

"입조심하시게!"

망쇠어미가 입을 딱 벌렸다. 썩은 앞니를 감싼 입술이 달달 떨렸다. 둘러선 사람들도 모두 놀랐다. 새어머니가 평소에 망쇠어미를 얼마나 믿고 의지하는지 모르는 사람이 없었던 것이다. 얼굴까지 벌게진 망쇠어미가 손으로 입을 틀어막고는 안채로 종종걸음을 쳤다.

진의 역시 새어머니의 태도가 적잖이 의아스러웠지만, 일단 강주를 순순히 내보내는 게 제일 큰일인지라 강주 쪽으로 관심을 돌렸다.

강주는 기가 한풀 꺾여 있었다. 방 안에 틀어박혀 데쳐 놓은 푸

성귀처럼 늘어져 있는 줄 알았던 안주인이 이리 나올 줄은 몰랐다. 게다가 망쇠어미의 말인즉슨 틀린 데가 없었다. 입장을 바꾸어 강주가 진의를 내보내는 상황이라면, 한 푼도 주지 않았을 것이다. 진의가 기어코 맞버틴다면 은병 한 개쯤은 내주었을지 모른다. 그러나 청옥 사재기로 벌어들인 이문은 무려 은병 쉰일곱 개에 해당할 만치 엄청났다. 은병 한 개에 쌀이 스무 섬이니 어마어마한 재물이었다. 준다고 할 때 얼른 받아서 나가야지, 어물거리다 관청에 중재를 요청하면 절반도 못 받을 확률이 컸다. 장삿속으로만 판단하자면, 강주가 딱히 억울해할 까닭이 없었다. 그러나 강주는 억울했다. 억울하기만 한 게 아니라 가슴이 아팠다. 갈비뼈 아래쪽이 자근자근 밟히는 듯해 숨도 쉬기 힘들었다.

"내가 오로지 재물 욕심 때문에 밤잠 아껴 가며 장사를 했다고 생각하니?"

바보 같은 계집애!

강주가 제 손으로 차를 두 잔, 거푸 따라 마셨다.

진의의 눈빛은 얼음장처럼 차가웠다. 강주의 물음에는 대꾸도 하지 않고 손짓으로 망쇠아비를 부르더니 명령했다.

"지금 당장 김강주의 짐을 하나도 남김없이 꾸려서 문밖으로 내놓게나."

"예, 아기씨."

망쇠아비가 허리를 한 번 꺾고는 물러났다.

◇◇◇

재수도 강주도 없이 혼자 장사를 지휘하고 장부를 정리하느라 진의는 너무 지쳐서 입맛도 없었다. 그나마 재수 덕분에 강제로 공부하고 시험 보고 한 것이 큰 도움이 되었다. 꾀바른 망쇠도 심부름꾼 노릇을 톡톡히 잘해 주었다. 하루치 장사를 마감하며 이것저것 뒷정리를 시켰더니 그것도 야무지게 잘해 내었다. 다만 부기법을 배우지 못한 탓에 서기가 할 일은 감히 손댈 엄두를 내지 못했다.

사람을 구해 사환을 보충하고 망쇠 저 아이는 서기로 키워야겠어. 오늘은 푹 쉬고 내일부터 저 아이에게 공부를 좀 가르쳐 볼까?

묽은 어죽과 차 한 잔으로 늦은 저녁을 때우고 있던 진의에게 망쇠어미가 다가왔다.

"아기씨, 마님이 찾으십니다요."

"어머니께서 저녁 진지는 제대로 잡수셨는가?"

망쇠어미가 손사래를 쳤다.

"말도 마십쇼, 아기씨. 지금이 입덧할 때도 아닌데 잡수시는 양이 원체 적은 데다 걸핏하면 얹혀서 괴로워하시니 원. 제가 망쇠를 가졌을 적에는 먹고 돌아서면 곧바로 허기가 졌습지요. 그게 정상입니다요. 어디, 마님 혼자 잡숫게요? 배 속에서 사람 하나가 자라는 뎁쇼. 먹고 먹고 또 먹어야 정상입지요. 암요. 마님이 저러다 끝내 못 버티시면 어떡하나, 제가 날이면 날마다 조마조마해서 못 견디겠습니다요, 아기씨."

나도 조마조마해서 못 견디겠네, 이 사람아.

진의는 조그맣게 한숨을 쉬며 안방으로 건너갔다.

새어머니의 얼굴에는 먹구름이 가득했다.

"강주네 집에서는 아무 얘기가 없느냐?"

"아직은…."

진의가 일부러 밝게 웃으며 너스레를 떨었다.

"너무 걱정 마셔요. 아무렴 우리나라가 무법천지도 아닌데 한낱 점쟁이가 죄 없는 사람을 어찌할 수 있겠어요? 물론 그 사람, 점쟁이 중에서도 손꼽히는 점쟁이이고 개경 부자 중에서도 알아주는 돈놀이꾼이긴 하지만요. 제가 그 사람한테 점을 볼 것도 아니고 돈을 빌릴 것도 아닌데 무슨 걱정이에요?"

새어머니가 눈살을 찌푸렸다.

"그러니 네가 물정 모르는 어린애란 얘길 듣지."

물정 모르는 어린애라니. 강주를 내보내던 날, 망쇠어미가 진의를 가리켜 세상 물정을 몰라도 너무 모른다고 했다. 망쇠어미는 그 말 때문에 망쇠아비와 망쇠가 다 있는 자리에서 새어머니에게 꾸지람을 들었더랬다. 진의는 새어머니가 그 말을 왜 또 꺼내나 의아했다.

"진의야, 요즘 세상에 어디 법이 없어서 무법천지이겠느냐. 무인들이 칼을 휘두르며 저희 마음대로 법을 주물럭거리니 무법천지란 말을 하는 거지. 없을 무無 자, 무법천지가 아니라 무인 무武 자, 무법천지란 말이다."

새어머니가 왼손으로 보료를 짚고 오른손으로 가슴께를 누르며 꺽꺽거렸다.

"들기로 김자명, 그 점쟁이는…. 아이고, 이 가슴에 돌덩어리같이 얹힌 것이 언제나 내려갈꼬."

진의는 새어머니의 입이 아니라 가슴 아래 불룩 솟은 배를 바라보았다.

"해산을 하셔야 내려가지요. 무사히 해산만 하시면 다 해결될 거예요. 그저 태교만 생각하시고 아무 걱정 마시어요, 어머니."

새어머니가 입이 마른지 한 손으로 찻잔을 들어 올렸다. 여윈 손가락이 물거미 뒷다리 같았다. 진의는 새어머니가 행여 찻잔을 떨어뜨릴까 저도 모르게 손을 뻗어 새어머니의 찻잔을 받쳐 주었다. 찻물로 입술을 축인 새어머니가 말을 이었다.

"그 요망한 점쟁이는 최상국의 집에 철철이 금은보화를 갖다 바쳐 환심을 샀다더라. 진의 너, 상국이 누구인지는 아느냐?"

"상국을 모르면 고려 사람이 아니지요. 황제조차 눈치를 본다는, 우리나라 최고 권력자가 아닙니까?"

"그래, 진의야. 그 대단한 최상국이 김자명을 가까이한단다. 고려를 제 손아귀에 움켜쥔 무신이 김강주의 아비와 친하단 말이다."

진의는 하품을 참느라 입술을 깨물었다. 누가 그것을 모르나요, 진짜로 하고 싶은 말씀이 뭔데요, 재촉하고 싶었지만, 일단 참고 새어머니 얘기를 끝까지 듣기로 했다.

"강주 내보내던 날, 보는 눈도 많은 곳에서 내가 왜 일부러 망쇠 어미를 꾸짖었겠느냐? 네 위신을 세워 주려고 그랬다."

아하!

진의가 고개를 끄덕였다.

"하지만 말이 그렇지 어린 계집아이 혼자서 가게를 지켜 나간다는 게 쉽지 않을 거다. 더구나 강주마저 내보내고 김자명의 원한을 산 마당이니. 망쇠어미가 그러던데, 김자명이 최상국 힘을 빌려 우리 집안을 홀랑 망굴 거라는 소문이 돈다며? 그 소문이 사실이라면 참으로 큰일이 아니냐. 너는 어리고 나는 병약하니, 우리가 무슨 힘으로 그들을 대적한단 말이냐."

찻물을 한 번 더 입에 머금었다 삼킨 새어머니가 진의의 눈을 바라보며 은근한 소리로 말했다.

"실은 중매쟁이가 왔다 갔단다. 무인 집안 아들인데, 상국의 두 아들과 형님 아우 하는 사이라더라."

상국의 두 아들 얘기라면 진의도 숱하게 들었다. 호랑이가 물어 가도 시원치 않을 불량배로 남의 재물은 물론 남의 아내나 딸도 제 멋대로 빼앗아 간다는, 거기에 항의라도 했다가는 두들겨 맞아 불구가 되거나 재수 없으면 죽을 수도 있다는, 그런 종류의 얘기들.

"네가 그 사람과 혼인하면, 김자명도 우리 집안을 함부로 건드릴 수 없을 거다."

진의는 고개를 가로저었다.

최상국이 개망나니 아들들 때문에 골치를 앓다 못해 아들들의 목을 베려 했다는 소문이 이미 파다했다. 부인이 울며불며 호소하는 바람에 차마 죽이지는 못했지만, 아들들의 머리를 깎고 감시자를 붙여 절에다 맡겼다고 했다. 상황이 이러한데, 상국이 눈을 시퍼렇게 뜨고 살아 있는 지금, 그 버린 자식들과 형님 아우 하는 사이라고 해서 무슨 덕을 보겠는가.

어머니야말로 세상 물정을 참 모르시는군요, 라는 말은 못 하고 진의는 핑계거리를 찾아 머리를 굴렸다.

"어머니. 저, 겨우 열네 살인걸요. 열일곱 살은 돼야 혼인시킬 거라고 아버지도 말씀하셨잖아요."

아버지 얘기에 새어머니 눈빛이 흔들렸다.

"예전하곤 달라서 요즘은 열네 살이 뭐 그리 빠른 나이도 아니더라. 전쟁 풍문이 돌기도 하고 시절이 워낙 수상하니까 다들 일찌감치 혼인을 시키더구나. 진의 너야 빠른 감도 있지만, 신랑감은 스물두 살이니 한참 늦었지 뭐냐. 내 생각엔 그 사람이 나이도 있고 연줄도 좋아서 네 바람막이가 돼 줄 수 있을 것 같다만."

아버지를 끌어들여야 해. 안 그러면, 어머니를 설득할 수 없어.

"아버지가 언제 돌아오실지 모르잖아요. 어머니, 제가요. 조만간 그 불곰 스님을 찾아서 아버지 얘기를 자세히 물어볼게요. 그러니까 어머니는 다른 데 신경 쓰지 마시고 잘 잡숫고 잘 주무시고 마음 편안히 계시기만 하면 돼요."

새어머니가 힘없이 고개를 끄덕이고는 보료 위에 모로 누웠다. 진의는 얼른 새어머니 귀 아래쪽으로 베개를 받쳐 주었다.

"들어 보니 네 말이 옳구나. 하지만…."

새어머니가 말을 하다 말고 이맛살을 찡그리며 입술을 깨물었다. 가슴께가 얼마나 아프고 답답하면 손으로 가슴께를 누르다 말고 꼬집어 뜯었다. 새어머니 눈에 기어코 눈물이 방울방울 맺혔다.

"아이고, 진의야. 너라도 든든히 자리를 잡아야 내가 죽더라도 눈을 감지."

어머니, 왜 자꾸 그런 말씀을…. 약해 빠진 말씀 좀, 제발 그만하시고요. 저도 힘들어요. 힘들어 죽겠다고요.

진의는 퍼질러 앉아 엉엉 울고 싶은 마음을, 새어머니의 배를 보며 겨우 눌렀다. 배가 울룩불룩 움직였다.

알거지로 쫓겨나기 전에
지금이라도 강주와 혼인하라

　부숭부숭 부어오른 검붉은 뺨, 늙은 고양이의 그것처럼 싯누렇게
번들거리는 눈이 낯익었다. 강주와 함께 김자명의 집에 갔을 때 바
로 옆에서 김자명을 지키고 앉았던 심복 무사였다. 진의는 사뭇 긴
장했다.

　올 것이 왔나?

　"무슨 일로 왔소?"

　고양이 눈알은 구린 입도 떼지 않고 손을 내밀었다. 문서 두 장과
쪽지 한 장이 쥐어 있었다. 진의는 잠시 눈을 감고 숨을 깊이 쉬었
다가 그것들을 받아 읽었다.

　첫 번째 문서는 거액의 은병을 빌렸다는 차용증이었다. 두 번째
문서는 칠월 보름까지 반드시 빚을 갚겠으며 못 갚을 시에는 가게

를 고스란히 김강주에게 넘기겠다고 맹세한 서약서였다. 아버지의 도장, 아버지의 수결이 분명했다. 가짜일 리 없었다.

아버지가 김자명의 돈을? 아무것도 모르는 나한테까지 남의 돈을 조심하라고 귀에 못이 박히도록 말씀하셨던 아버지가? 왜? 도대체 왜?

빚 문서와 서약서는, 고양이 눈알이 도로 가져갔다. 진의는 떨리는 손으로 쪽지를 펼쳤다.

너와 네 의붓어미가 작당하여 강주를 쫓아냈다지? 핏줄로 연결되지도 않은 모녀가 어찌 그리 닮았느냐. 길게 말하지 않겠다. 알거지로 쫓겨나기 전에 지금이라도 강주와 혼인하라. 안 그러면 네 어미는 길바닥에서 해산을 하게 될 것이다.

어쨌든 칠월 보름날까지는 딱 한 달 남았다. 그때까지 은병 백 개를 무슨 수로 마련한단 말인가.

자비로우신 부처님. 어찌해야 할까요?

땅이 꺼져라 한숨이 나왔다.

"복실아, 복실아, 게 있느냐?"

복실은 늘 진의가 부르면 곧바로 달려올 수 있는 거리에서 대기하고 있었다.

"예, 아기씨."

"이재수 서기의 집을 알고 있느냐?"

"예."

"가서, 내가 부른다고, 좀 모시고 오너라."

돌아서던 복실은 마침 방문을 열고 들어오는 남자와 부딪칠 뻔했다.

"에그, 깜짝이야."

복실이 화들짝 놀라며 물러서는 바람에, 남자의 눈동자도 커졌다.

"이런, 내가 너를 놀라게 했구나. 미안하다."

재수였다. 틀어 올린 상투며 갖춰 입은 옷차림이 새신랑다웠다. 혼인을 했으니 누가 뭐래도 어른인 셈이다. 진의는 그런 재수가 낯설면서도 반가웠다.

"강주도 내보내고 네가 어찌 지내고 있나 궁금해서 와 봤다. 도울 일이 있으면 돕고 싶기도 하고."

재수가 계면쩍은 듯 마른세수를 하며 말했다. 복실이 진의에게 눈짓을 하고는 물러났다. 진의는 긴말 생략하고, 손에 쥐고 있던 쪽지부터 재수에게 내밀었다.

◇◇◇

재수가 다시 가게에 나오고 진의 또한 잠을 줄이며 동동거렸지만, 손님은 눈에 띄게 확 줄고 거래는 끊기다시피 했다.

"귀신이 장난을 쳤나? 이게 다 무슨 조화인지 모르겠네?"

머리 좋은 재수도 이런 현상에는 손을 쓸 수 없는지 한숨만 쉬었다.

"귀신이 아니라 사람이 장난을 쳤겠지. 청옥 사재기를 시키고는 엉뚱한 복점으로 사람들을 홀릴 때부터 알아봤거든. 점쟁이가 점이랍시고 또 이상한 얘기를 지어냈을 거야. 점쟁이한테 돈 빌린 상인들은 우리 가게와 거래하지 말라는 압박을 받았을 테고."

재수가 눈썹을 치켜 올리며 진의의 말에 귀 기울였다.

"몇 달 사이에 많이 컸구나. 말투에서 어리광이 사라지고 지혜가 번득이는걸? 시련이 사람을 키운다더니 그 말이 맞네."

진의가 재수를 흘겨보는 시늉을 했다.

"오라버니도 나한테 엄청 큰 시련을 준 거 알지?"

재수가 싱긋 웃더니 말머리를 돌렸다.

"그래서 이제 어떡할 거야?"

진의는 호랑이를 만났던, 그리고 약으로도 못 고치는 바보를 고쳐 달라고 일천 배를 올렸던 그날의 기억을 떠올렸다. 견불사의 견, 불, 두 글자를 가슴에 품고 돌아오는 산길에서 진의는 다시 한 번 호랑이와 마주쳤다. 이번에는 제 가슴 동굴에서 으르렁거리는 호랑이였다. 제 속의 부처를 보고자 했는데, 자비로운 부처의 모습은 간데없고 어찌하여 사나운 호랑이를 보았는지는 지금도 알 수 없다. 호랑이 울음소리는 왜, 왜, 왜, 라는 물음으로 메아리쳤다. 진의는 그날 이후, 마음속에서 올라오는 그 호랑이 울음소리를 피하지 않으려 애썼다.

네놈한테 절대로 뒤통수를 보이지 않겠어. 눈정기를 모아 노려볼 테야. 네가 이기나 내가 이기나 해 보자고.

아버지는 왜 만약의 경우를 생각지 않으시고 김자명 같은 사람한테서 거금을 빌렸을까. 덜컥 돌아가시기라도 하면 어린 나한테 그것이 어떤 재앙으로 작용할지 왜 예상하지 못하셨을까. 그날 오빈관으로는 왜 가셨을까. 왜 그날 오빈관 가는 길에서 그런 식으로 사라지셨을까. 아버지가 비밀리에 시작했다는 새로운 장사는 무엇일까. 장사를 하면 하는 거지 왜 몰래 할까. 그게 진짜로 비밀이라면, 딸한테도 아내한테도 숨길 일이라면, 그 불곰 스님한테는 왜 털어놓았을까. 어사는 왜, 아버지를 뒤쫓았을까. 아버지가 인삼 밀매를 주도했다는 증거를 가지고 있을까. 혹시 증거도 없이 아버지에게 누명을 씌운 건 아닐까. 우리 가게는 또 왜, 털었을까.

왜, 왜, 왜, 묻다 보니 이 '왜'들이 제각각 따로 노는 게 아니고 모두 연결돼 있을 거라는 생각이 들었다. 그렇다면 우선….

"어사부터 만나 보려고 해. 어사라면 아버지가 사라지신 이유를 알 거 같아. 그때 우리가 견불사에 가 있는 동안 가게를 샅샅이 뒤진 거 보면 말이야. 오라버니도 그런 생각, 하지 않았어?"

재수가 고개를 끄덕였다.

"그 어사란 양반, 김자명하고도 끈이 있을지 몰라. 오라버니, 호랑이를 잡으려면 호랑이 굴에 가야 한댔지?"

재수가 일어섰다.

"감검청 어사라면 여기 벽란도 관사에 있든지 개경 본집에 있든지 할 텐데…. 내가 사람을 시켜 알아보마."

다 접고 김강주에게 시집을 가 버릴까

"아니, 이 물이 왜 이리 더러운가요?"

진의가 발을 씻다 말고 빨래하는 아낙네에게 물었다.

"개경 사람 아니오?"

늙수그레한 아낙네가 눈살을 찌푸리며 동문서답을 했다.

"벽란도에 살아요."

"벽란도면 아침 먹고 나서서 점심 먹기 전에 도착하는 곳 아니오? 말을 타면 더 가깝고."

"개경에 가끔 오긴 했어도, 개울에서 발을 씻어 보기는 처음이네요. 오는 길에 오디를 몇 개 따 먹었는데, 언제 오디 한 알이 갓신속에 들어갔던지 버선이랑 전부 엉망이 됐거든요. 그런데 물이 왜 이리 더럽지요?"

진의가 다시 한 번 똑같은 질문을 하자, 아낙네가 입을 삐죽거리며 대답했다.

　"아, 날이 보통 가물어야지. 예년 같았으면 이맘때에 장맛비가 시원하게 내려서 한바탕 깨끗이 쓸고 가잖소. 근데 올해는 어떻게 된 심판인지 유월이 다 가도록 비 한 방울 시원하게 떨어지질 않으니 원."

　진의가 의심쩍은 얼굴로 고개를 갸웃했다.

　비만 오면 깨끗해질까?

　아낙네가 한숨을 곁들여 덧붙였다.

　"오죽하면 백천을 흑천이라 부르겠소. 내가 어릴 적에는 이 물로 밥도 해 먹었는데, 요즘에는 하도 더러워서 빨래하는 사람도 드물다오. 우리네같이 우물도 없는 가난한 백성들이나 이곳에서 빨래를 하지."

　"그럼, 먹는 물은 어디서 구하세요?"

　"산골짜기 계곡물을 받아 와서 겨우겨우 먹소. 그 물로는 밥해 먹기도 간당간당하니 빨래는 여기서 할 수밖에 없다오."

　멀리서 소똥인지 말똥인지 똥 덩어리 여남은 개가 둥실둥실 떠내려오는 것을 보고 진의는 얼른 하천에서 발을 뺐다. 욕지기가 올라왔다. 손수건으로 발을 대충 닦고 신을 꿰어 신었다. 말에 올라탄 다음에도 그 똥 덩어리 생각이 나서인지 발목 주변이 근질근질했다.

　"저 오밀조밀 모여 있는 집들 좀 보셔요, 아기씨. 사람이 너무 많이 몰려 살아서 개울이 저리 더러워진 거 같습니다요. 개울물이란

게 졸졸졸 흐르면서 깨끗해지는 건데, 이건 뭐, 깨끗해질 틈도 없이 사람이 떼로 몰려와 빨래 씻고 똥 싸고 오줌 싸고 해 보십쇼. 예성강도 아니고 저 가느다란 하천이 어찌 견디겠습니까."

망쇠가 말했다.

"네 말이 그럴 듯하구나."

성 밖까지는 말을 잘 타고 왔다 싶었는데, 성안에 들어서니 말과 사람이 뒤엉키어 속도를 낼 수가 없었다. 광화문[10] 십자로에 끝도 없이 늘어선 시전 거리는 더 복잡하고 시끄러웠다. 일정한 크기의 상점마다 나라에서 정해 준 품목의 물건이 그득그득했고, 장을 보러 나온 사람들이 목청 높여 장사꾼과 흥정했다.

어사의 본집은 시전 가까운 곳의 좁고 더럽고 오래된 주택가에 있었다. 웬만한 관료들이 모두 성 밖 한적한 곳에 넓은 집을 짓고 사는 추세로 판단할 때, 어사는 형편이 넉넉하지 않은 게 분명했다.

망쇠가 인기척을 내고는 사람을 불렀다.

"이리 오너라. 이리 오너라. 안에 누구 없소?"

한참을 소리쳐 불렀는데도 아무도 나오지 않았다. 목소리가 갈라져 나올 때까지 사람을 부르던 망쇠가 옆집에 다녀오더니 말했다.

"옆집에 저만 한 사내아이 하나가 있는뎁쇼. 그 아이 말이, 그저껜

---

10. 개경에는 중앙관청들이 자리 잡은 곳을 둘러싼 황성과 왕이 사는 궁전을 둘러싼 궁성이 있었다. 광화문은 황성의 정문이었는데, 광화문에서부터 좌우로 큰 규모의 상가가 형성되어 있었다.

가, 이 집 식솔들이 제가끔 보퉁이 하나씩을 들고 어딘가로 떠났답니다. 온 식구가 독한 두드러기에 걸려 한 시도 쉬지 않고 긁어 대다 못해 어디 물 좋고 공기 좋은 데로 피접을 가는 걸로 들었답니다요.”

진의가 성마른 목소리로 물었다.

“대체 거기가 어딘데?”

망쇠가 머리를 긁적거렸다.

“그건 모른다는뎁쇼?”

진의는 허탈한 한숨을 쉬었다.

그 피접 간 데를 알아내려면 또 얼마나 시간이 걸릴까. 하루하루 지내기가 바늘방석에 앉은 것 같은데, 왜 이리 되는 일이 없는지 원.

“그런데 아기씨. 아까부터 왜 거기를 자꾸 긁으십니까요?”

망쇠가 진의의 발목 부근을 손가락질했다. 놀란 진의가 속바지를 무릎까지 걷어붙였다. 오돌토돌하고 붉은 발진이 돋아나 있었다.

“도꼬마리 잎과 열매 말린 것을 달여 그 물을 발라 주면 시원해집니다요. 그리고 절대 긁지 마십쇼, 아기씨. 안 긁어야 낫습니다요. 긁으면 확 번지고요. 절대 긁지 마십쇼, 잉?”

망쇠는 똑같은 얘기를 열 번쯤 되풀이했다.

◇◇◇

망쇠어미가 달여 준 도꼬마리 물을 바르고 안 긁으려고 외씨버

선을 양손에 끼고 잤는데도 새벽에 깨 보니 버선은 벗겨져 있고 환부에는 시뻘건 손톱자국이 수없이 나 있었다. 증상은 더 심해졌고 환부도 발목에서 종아리 전체로 번져 있었다.

아아아.

피딱지가 끼인 손톱을 보며 진의는 신음 소리를 냈다.

다 접고 김강주에게 시집을 가 버릴까. 별실에서 보석과 비단으로 장난질이나 하며 아무 고민 없이 살아 버릴까. 어쩌면 이 지긋지긋한 두드러기도 귀신이 붙어서 생긴 게 아닐까? 김자명한테서 부적 하나 얻어 붙이고 축문을 태우면 씻은 듯이 낫지 않을까?

쓸데없는 생각인 줄 뻔히 아는 데도 그런 생각이 끊이지 않았다. 더 누워 있다가는 마음이 끝없이 우울해질 것 같아, 진의는 이불을 박차고 일어났다.

새벽 공기가 차가웠다. 멀리 예성강 쪽에서 물안개가 보얗게 번지고 있었다. 마당에서 뱃바닥이 희디흰 까치 대여섯 마리가 포르르, 포르르, 날아다녔다. 자세히 보니 손가락 두 개 정도 크기밖에 안 되는 아기 까치들이 어미 까치를 따라 날기 연습을 하고 있었다. 조금 날다 주저앉고 조금 날다 땅바닥에 대가리를 처박으면서도 아기 까치들은 날고 또 날았다.

진의는 주먹을 움켜쥐고 가게로 나갔다.

어찌 됐든 몸을 움직여 보자. 가만히 앉았으면 걱정만 더 되지. 다리는 더 가려울 테고.

안 되겠다, 내가 나서야지, 하고 재수가 스스로 어사의 행방을 알아보러 나갔기 때문에 진의가 처리할 일이 많은 날이기도 했다. 진의는 일찌감치 가게 문을 열고 약재와 비단과 장신구 들을 보기 좋게 정리했다. 손수 차를 끓여 드물게 오는 손님이나마 정성을 다해 접대하고 없는 일도 만들어서 하며 바삐 움직인 덕에 다리를 긁으며 걱정할 틈은 없었다. 그러나 해질녘이 되자, 하루가 또 아무 소득 없이 지나간다는 불안감이 목젖까지 치밀어 올랐다.

왕 대인은 왜
나를 보자고 했을까

　가게 문을 닫으려는 찰나, 웬 낯선 총각이 구렁이 담 넘듯 기척 없이 진의를 찾아왔다. 키가 훤칠하고 눈이 우묵하고 콧대가 높았다. 인상이 나쁘지 않았다. 진의의 눈빛을 읽었는지 총각이 자기소개를 했다. 이름은 무스타파. 대식국 출신으로 대식국 말은 물론, 고려 말, 송나라 말, 왜국 말을 할 수 있어 주로 통역 일을 한다고 했다.

　"제가 누구인지는 알고 왔겠네요?"

　진의가 물었다.

　"그럼요."

　"어인 일로 저를 찾아오셨나요?"

　"송나라 비단 장사꾼 왕자오 대인이 오빈관에서 소저를 기다리고 계십니다. 긴히 할 말이 있다고 하십니다. 제가 길을 안내하겠습니다."

오빈관? 오빈관이라면? 그날, 아버지가 송나라 상인 왕자오와 약속이 있었던가? 그럴 수도 있지!

마다할 까닭이 없었다. 두드러기가 좀 수그러지면 한시 바삐 나서려 했던 바로 그 길이었으니까. 이번에는 안내자가 있으니 어사를 만나러 갔던 날처럼 허탕 칠 일도 없을 터.

"왕 대인이 고려 말을 하나요?"

"그럼요. 벽란도에 자리 잡으신 지 십 년이 넘었으니까요. 하지만 능숙하지는 않아서요. 중요한 손님과 중요한 얘기를 하실 때는 제가 통역을 합니다."

중요한 손님? 중요한 얘기?

정신이 바짝 들었다.

"제가 하는 말은 송나라 말로 통역해 주시겠네요?"

"그럼요."

무스타파가 웃었다. 까치 뱃바닥처럼 하얀 치아가 지는 햇살을 받고 눈부시게 반짝거렸다.

아침에 까치를 보았더니 참말로 반가운 손님이 온 셈인가?

먼 산허리에서 어스름이 내리고 있었다. 진의의 눈길이 그곳에 닿자, 눈치 빠른 망쇠가 얼른 등롱을 들고 진의를 뒤따랐다.

오빈관에 거의 다 왔을 때, 진의가 갑자기 길가 너럭바위 위에 주저앉았다. 그럭저럭 참을 만했던 가려움증이 다시금 발작했다. 진의는 체면이고 무엇이고 다 팽개치고 미친 듯 종아리를 긁어 댔다.

"아이고, 아기씨. 참으셔야 하는데 말입지요. 아이고, 이 일을 어쩌나? 아기씨, 어쨌든지 참으셔야 합니다요. 아이고, 이 일을 어쩌나?"

망쇠가 아이고 아이고를 연발하며 우왕좌왕하자, 놀란 눈으로 지켜보던 무스타파가 나섰다. 제 집에 효험이 뛰어난 고약이 있으니 우선 그것으로 진정을 시킨 후에 오비콰으로 가자는 것이었다. 진의로서도 왕자오를 만나는 자리에서 발작적으로 다리를 긁게 될까 걱정이 태산이었기에 승낙은 했으나, 바르기 직전까지도 그 고약이 즉효를 나타내리라고는 기대하지 않았다.

"이게 약발이 아주 좋아요."

"믿어도 되나요?"

"그럼요."

무스타파가 조그마한 항아리의 뚜껑을 열었다. 독특한 풀 냄새가 코를 찔렀다. 까만 쇠똥 같은 고려 고약과 달리 색깔이 하얗고 질감이 기름졌다.

저걸 발라, 말아?

고민이 되긴 했지만, 진의로선 선택의 여지가 없었다. 손톱을 세워 긁은 자리에서 피 섞인 진물이 줄줄 흐르는데도 따갑다기보다는 가려워서 미칠 지경이었다. 매 발톱이라도 구해다가 살점이 떨어져 나가도록 긁고 싶은 마음뿐이었다.

속는 셈치고 믿어 보지 뭐.

진의는 걸상에 앉아 치마를 걷고 속바지를 말아 올렸다. 속바지가 피와 진물에 젖어 눅눅했다. 무스타파가 깨끗한 물과 수건으로 환부를 닦고는, 주걱으로 하얀 고약을 듬뿍 떠서 얇게 펴 바르기 시작했다.

"아, 시원해!"

진의는 저도 모르게 소리를 질렀다. 환부가 시원해지면서 가려움이 사라졌다.

"정말 고마워요. 이 신통방통한 고약, 제가 좀 살 수 있을까요? 한 백 통쯤 사고 싶어요. 아니 천 통이라도. 있는 대로 다 사고 싶어요."

진의의 머릿속에, 말을 타고 가면서도 팔다리를 벅벅 긁으며 얼굴을 오만상으로 찡그리던 개경 사람들이 줄줄이 떠올랐다.

날개 돋친 듯이 팔릴 거야. 그럼 은병 백 개쯤 쉽게 마련할 수도 있어!

이번에도 '그럼요'를 기대하는 진의의 눈빛을 받고 무스타파는 난처한 듯 머리를 긁적거렸다.

"미안하지만, 이것밖에 없어요. 장뇌유와 몰약, 박하기름 따위가 있으면 저도 만들 수 있는데, 여기서는 못 구하는 원료들이라…. 저도 대식국 배가 들어오면 그것부터 잔뜩 사서 쟁여 놓을 작정이랍니다."

"네에…"

진의는 아쉬워서 입을 다셨다.

어쩌겠어. 내 몸의 괴로움이라도 덜었으니 일단 고맙지 뭐.

"이제 왕 대인 만나러 가실래요?"

"네."

무스타파가 휘청휘청 앞장섰다. 처음 보는 외국인에게서 이렇게 큰 도움을 받다니, 그를 따라서 전혀 모르는 또 다른 외국인을 만나러 가다니, 오늘은 참 재미있는 날이라고 생각하다 말고, 진의는 터져 나오는 하품을 손으로 가렸다.

"왕 대인은 어떤 분이지요? 제 아버지와 왕 대인 사이가 정말로 절친했던가요?"

고약 덕에 무스타파를 신뢰하게 된 진의가 물었다.

"눈 밝은 상인이십니다. 제게는 아버님 같은 분이지요. 홍상진 대인과는 벽란도에 처음 왔을 때부터 거래를 텄고 십 년 이상 신뢰를 쌓아 온 사이입니다."

갑자기 무스타파가 흰 이를 드러내며 씩 웃었다.

"사실은 저도 홍 대인을 잘 압니다. 은혜도 많이 입었습니다. 홍 대인께서는 저희 같은 외국인들을 위해 고려 말을 가르쳐 주셨습니다. 법적인 문제가 생겼을 때에도 당신 호주머니를 털어 가며 도움을 주셨지요. 오늘 그분의 따님께 조금이나마 은혜를 갚게 되어 기쁩니다."

진의의 입가에 요 며칠 사이 처음으로 밝은 미소가 떠올랐다.

◇◇◇

달도 없는 그믐밤이었지만, 벽란도는 대낮처럼 환했다. 대로변 주막들은 푸른 깃대를 꽂았고, 고운 붉은색 등을 단 담장 안에서는 기생들의 웃음소리, 거문고 소리가 넘쳐났다. 식당들도 등불을 밝히고 밤 장사를 준비하고 있었다. 송나라 사람 식당에서는 돼지기름 냄새가, 대식국 사람 식당에서는 향신료 냄새가 코를 찔렀다. 어두운 뒷골목에서는 건달들이 패싸움을 벌이기도 했다.

포구 쪽에서는 막 도착한 외국 상인들이 알 수 없는 말로 고함을 질러 댔고, 배에 올라 물품을 검사하는 감검청 관리들이 나팔을 불었다.

"벽란도는 그야말로 하늘이 내린 무역항이지요. 풍파가 심하지 않고 수심이 깊어서 큰 배가 드나들기 쉽고, 가까운 곳에 황제가 계시는 수도가 있으니 말입니다. 송나라 사람인 내가 구태여 이곳에 정착한 까닭이 바로 그것입니다."

뱃전에서 벽란도 쪽을 바라보며 왕자오가 말했다. 무스타파가 고려 말로 통역해 주었다.

"맞습니다. 제 아버지께서도 늘 그런 말씀을 하셨습니다."

진의가 공손히 대답하자, 역시 무스타파가 송나라 말로 통역했다.

왕자오의 하인들이 부지런히 돌아치며 물 항아리를 날랐다. 하나같이 체격이 크고 동작이 빨랐다. 망쇠도 가만히 앉아 있기 민망했던지 그들을 따라다니며 허드렛일을 도왔다. 갑판 위에는 어느새 샘물이 가득한 항아리들이 스무남은 개나 늘어서 있었다.

"사람의 몸이란 물과 소금 없이는 견디지 못하는데, 물 대신 짠 바닷물을 먹으면 반드시 죽음에 이르니 이상한 노릇이지요. 그래서 무역선이 바다를 건널 때에는 중간 기착지에서 이런 식으로 물을 보충해야 합니다. 나는 벽란도에서 살면서 송나라 배가 들어올 때마다 이렇게 작은 배를 타고 가서 물을 실어 준답니다."

이윽고 왕자오의 배가 송나라 무역선 옆에 도착했다. 송나라 선원들이 환호성을 질렀다. 왕자오의 하인들이 두 배 사이에 작업대를 설치하고 물 항아리를 날랐다. 송나라 상인은 왕자오와 안면이 있는지 큰 소리로 수다를 떨었다. 송나라 배에서 차와 비단이 넘어왔다.

왕자오가 진의를 보며 말했다.

"언제였더라? 내가 운영하는 다점에 소저가 와서 용봉차를 마시다가 울음을 터뜨렸다지요? 다점의 일꾼한테서 그 얘기를 듣고 어찌나 안됐던지. 아마도 아버님을 그리워하는 마음이 갑자기 솟구쳤던 모양입니다그려."

무스타파가 통역해 주는 말을 듣고 진의는 창피한 마음에 귓불까지 새빨개졌다.

넓디넓은 듯 좁디좁은 곳이 세상이구나. 그 다점의 주인이 왕 대인이었다니!

진의는 벽란도 쪽으로 얼굴을 돌렸다. 가지각색 불빛들이 유혹하듯 어른어른하는 벽란도의 밤거리가 손에 닿을 듯 가까웠다. 진의는 불빛과 웃음소리 너머, 어둠과 울음소리를 잠시 떠올렸다.

어쩌면 어둠 속에서 우는 사람들이 더 많을지 몰라, 이 화려한 벽란도에서도. 그런 생각을 하자 입안에 머금은 찻물의 쌉쌀한 맛이 좀 더 강하게 느껴졌다.

진의는 송나라 배에서 건너온 차 무더기를 가리키며 슬그머니 말머리를 돌렸다.

"요즘 송나라 차의 인기가 하늘을 찌른다지요? 집에 시중드는 사람이 적지 않지만, 아버지 차는 제가 도맡아서 끓여 드렸습니다. 해무리굽 완, 탕호, 주자, 매병을 다탁에 갖추어 놓고 다로에 찻물을 끓이고 있으면, 아버지께서 가루차부터 떡차까지 차 종류, 모양, 맛에 대해 끝도 없이 얘기해 주셨지요. 아버지처럼 저도 송나라 차를 좋아하고 관심이 많습니다. 앞으로 많이 가르쳐 주십시오."

"하하. 소저가 저에게 고려 차 공부를 좀 시켜 주십시오. 송나라 차의 인기가 높은 것은 사실이지만, 저는 되레 고려 차의 매력에 푹 빠졌답니다. 실제로 고려 뇌원차와 유차를 사 가려는 송나라 상인들도 많습니다."

두 사람은 시간 가는 줄 모르고 차 얘기를 했다.

왕자오가 처음부터 진의를 어린애 취급하지 않고 거의 홍상진과 동급으로 존중해 주어서일까. 아니면 진의가 아버지 옆에서, 재수 옆에서 지금껏 얻어들은 풍월이 머릿속에 차곡차곡 쌓여 있어서일까. 진의는 그다지 어색해하지 않고 대화를 풀어 갔다. 왕자오의 송나라 차 얘기가 꽤나 재미있기도 했다.

그래도 진의는 이제 슬슬 본론으로 들어가고 싶었다. 왕 대인은 왜 나를 보자고 했을까. 차 얘기나 하자고 이 밤에 나를 부르지는 않았을 텐데. 그날 밤, 아버지는 왕 대인에게 무슨 볼일이 있었을까.

장사꾼은 늘 '만에 하나'를 준비하지

도대체 약재 계약서는 어디 있는가.

진의는 이틀에 걸쳐 잠도 안 자고 온 집 안과 가게, 창고를 이 잡듯 샅샅이 뒤졌다. 재수도 진의를 힘껏 도왔다.

"나야 원래 눈앞에 있는 물건도 잘 못 찾는 덜렁이라 치고, 오라버니도 못 찾는다는 게 말이 돼? 고려 땅에서 오라버니보다 더 물건 정리 잘하고 잘 찾는 사람이 또 있어? 아유, 지친다, 지쳐."

진의가 두 손 들고 나가떨어지자, 재수도 한숨을 쉬었다.

"그래도 찾아야 해. 김자명의 며느리가 되고 싶어?"

상상만으로도 팔뚝에 소름이 오스스 돋았다. 진의는 팔뚝을 쓸어내리며 고개를 설레설레 저었다.

"찾아야지. 어떻게든 찾아야지. 하지만 이렇게 무조건 뒤지고 또

뒤진다고 나올 것 같지 않아. 오라버니는 나가서 일 보고, 나는 차 한잔 마시면서 생각을 좀 해 볼게. 아버지도 그런 문서를 보관할 때는 생각이 엄청 많았을 거야. 아버지 입장이 돼서 생각을 해 봐야겠어."

재수가 웃으며 진의의 어깨를 토닥토닥 두드려 주었다.

"그래, 진의야. 그건 누구도 대신해 줄 수 없는 일이야."

재수가 나간 뒤, 진의는 왕자오에게서 들은 이야기를 하나하나 되새겼다.

일단 아버지는 대식국 유향과 희귀약재를 대량 수입하고자 김자명의 자금을 빌렸다. 그것으로 대식국 상인에게 선금을 주었는데, 선박이 제 날짜에 들어오지 않았다. 불안해진 아버지는 전후 사정을 잘 아는 왕자오에게서 은병을 빌려 김자명에게 진 빚을 미리 갚아 버리려 했다. 그날 밤 왕자오를 만나러 간 길에 사라져 감감무소식이지만….

진의는 깍짓손을 흔들며 방 안을 걸어 다녔다.

아버지라면 아무한테나 선금을 주지 않았을 거야. 분명히 믿을 만하니까 주었을 테지. 그런데 아무리 생각해 봐도 이해가 안 되는 점이 있어. 은병 백 개가 큰돈이긴 하지만, 아버지는 늘 새로운 장사에 투자할 여윳돈을 준비해 두었었거든. 그 여윳돈을 어디다 써 버렸기에 김자명에게 돈을 빌려야 했을까.

진의는 터져 나오는 하품을 참다 말고 슬며시 눈을 감았다.

그래, 돈은 빌릴 수 있다고 쳐. 하지만 우리 아버지 같은 분이 은병 백 개에 가게를 통째로 넘기겠다는, 말도 안 되는 계약을 왜 했을까. 도대체 왜!

악, 진의는 신음을 깨물며 주저앉았다. 눈을 감은 채 걸어 다니다 선반 모서리에 콧대를 부딪친 것이다. 거울을 보니 콧등에 붉은 생채기가 났고 금방이라도 코피가 흐를 듯이 콧구멍에 깨알만 한 핏방울 서너 개가 맺혀 있었다. 제풀에 옷섶을 뒤적거렸지만, 늘 넣어 두곤 했던 손수건이 손에 잡히지 않았다. 어젯밤에 코를 풀고 던져 버린 것을 오늘 아침에 복실이 빨래할 요량으로 들고 나간 모양이었다. 진의는 다른 손수건을 찾을 염도 내지 못하고 침상에 앉아 고개를 뒤로 젖혔다. 그대로 쓰러져 한숨 푹 자고 싶었다.

자고 일어났을 때 아버지가 내 곁에 앉아 계시면 얼마나 좋을까. 물끄러미 나를 내려다보시며 땀에 젖은 내 머리를 귀 뒤로 넘겨 주시면….

눈시울이 뜨거워졌다. 진의는 눈물이 흐르지 않도록 이를 악물었다. 왕자오가 한 말이 귀에서 쟁쟁 울리는 듯했다. 약재 계약서와 은병 백 개를 맞바꾸자…. 진의로서는 실로 눈이 번쩍 뜨이는 제안이었다.

오늘이 벌써 칠월 초닷새. 빚 문서에 적힌 기한이 칠월 보름이었으니 채 열흘도 남지 않았다.

달리 방법이 없어. 약재 계약서를 찾아내는 것 말고는. 무조건 찾아야 해.

찐득한 피가 코를 가득 메우는 느낌이 들었다. 손수건부터 먼저 찾아야 했다. 옷장, 고리짝 따위를 함부로덤부로 열어젖혔다. 여느 때는 애써 찾지 않아도 바로바로 눈에 띄던 손수건이 하필 오늘따라 종적을 감추었다.

바보. 약으로도 못 고칠 바보. 손수건 하나도 못 찾는 바보가 무슨 수로 그 귀한 계약서를 찾겠어?

진의는 제풀에 머리를 쥐어뜯었다. 코피가 후두두 떨어졌다. 하는 수 없이 왼손 소맷부리로 코를 틀어막는 서슬에 오른손으로 고리짝 바닥을 너무 눌렀던 모양이었다. 바닥이 밑으로 쑥 내려앉으면서 그 아래 숨겨 두었던 보석 상자가 눈에 들어왔다. 지난해 이월, 아버지에게서 생일선물로 받았던 보석 상자. 대식국에서 온 석류, 바다, 우유, 은행, 고양이 눈 빛깔을 띤 유색 보석들이 뚜껑에 촘촘히 박혀 있어 바라만 봐도 정신이 황홀해지는 귀한 선물.

진의의 눈길이 여러 보석 중에서 고양이 눈알 빛깔의 유색 보석에 잠시 머물렀다.

요즘 점쟁이의 심복부하 고양이 눈알이 가게 주변을 수시로 얼쩡거린댔지. 홍진의가 나 죽었소, 하고 납작 엎드릴 날이 코앞에 다가왔다고 생각하는 모양인가?

무심코 소맷부리를 떼었다 다시금 흐르는 코피를 보고 정신을 차린 진의는 그 상자 안에도 손수건이 몇 개나 있다는 생각이 났다. 친어머니가 물려준 금은붙이, 옥팔찌, 산호 반지 따위를 일일이 손수건으로 싸 두었던 것이다. 진의는 한 손으로 상자를 고리짝 밖으로 꺼내어 뚜껑 고리에 손가락을 걸었다. 뚜껑이 열림과 동시에 진의의 머릿속을 번개처럼 스치는 생각이 있었다.

지난해 이월이면 아버지가 대식국 상인과 계약서를 썼다는 그 즈음이 아닌가!

진의는 코피가 쏟아지든 말든 상자에 든 보석들을 쏟아내고 상자 바닥에 깔린 검정 융단을 뜯어냈다.

"아, 아버지!"

입에서 탄성이 절로 터져 나왔다. 융단 아래, 그것이 있었다. 온 집 안을 이 잡듯 뒤져도 안 나오던 그 약재 계약서가.

진의는 바삭바삭한 종이의 감촉을 느끼며 눈을 꼭 감았다. 이 상자를 선물하며 아버지가 했던 말이 생생히 떠올랐다.

진의야. 장사꾼은 신뢰를 중시하지만, 어떤 사람이든 어떤 문서든 다 믿지는 않는단다. 늘 '만에 하나'를 준비하지. 만에 하나 내일 해가 뜨지 않으면, 만에 하나 내일 아침에 내가 눈을 뜨지 못한다면⋯. 그런 상황까지 계산해 보는 사람이 장사꾼이란다.

그 당시에는 상자를 열어 보기 급해서, 또 상자의 아름다움에 감탄하느라, 아버지의 말은 귓등으로 흘려들었었다. 다시 생각해 보니, 아버지는 '만에 하나'의 상황에 대비하여 당신이 이 세상에서 가장 사랑하고 믿는 딸에게 가게의 명운이 달린 계약서를 맡긴 것이었다.

문밖에서 누군가 인기척을 냈다.

"아기씨, 무스타파가 아기씨를 뵈러 왔습니다."

복실의 목소리였다.

"기다리라고 하여라. 그리고 뇌원차 끓일 준비를 하렴."

진의는 문서를 도로 상자에 넣고, 상자도 원래 있던 자리에 숨겼다. 그리고 얼굴을 공들여 닦고 옷을 갈아입었다. 머리도 새로 빗질하여 동백기름을 바르고 홍옥으로 만든 복숭아꽃 모양 떨잠으로 장식했다.

진의가 한껏 여유를 부리며 느릿느릿 가게로 나가자, 무스타파가 손을 비비며 거의 뛰다시피 빠른 걸음으로 다가왔다.

"문서는 찾으셨습니까? 왕 대인께서 몹시 궁금해하십니다."

진의는 애매하게 웃으며 무스타파를 다탁으로 안내했다. 복실이 맷돌로 뇌원차 한 덩이를 갈고 있었고, 돌솥에선 물이 끓는지 솔바람 우는 소리가 났다. 진의는 끓인 물을 매화 무늬 청자 대접에 따라 한 김 식혔다.

"대식국 상인들도 우리 고려청자의 비색을 좋아한다지요?"

"그럼요. 고려청자와 인삼은 다른 나라에서 구할 수 없는 귀한 물건이지요. 그런데 문서는 찾으셨는지요?"

"음…."

진의는 생각에 잠긴 듯, 잠시 뜸을 들였다.

"오늘은 그래도 얻은 것이 있었습니다. 적어도 허탕은 치지 않았지요."

진의야, 너는 너무 솔직해서 탈이야. 어떤 내기든, 내 패를 다 보여 주면 지게 돼 있어. 패를 내놓을 때와 숨길 때를 정확히 판단하고 신중하게 행동해야 한다.

알았어요, 아버지.

"아버지의 속마음에 가닿았다는 말입니다. 그런데요. 이제는 왕 대인의 속마음이 궁금해지는군요."

"왕 대인의 속마음이라고 별다를 게 있겠습니까? 그저 홍 소저께서 문서를 찾았는지 못 찾았는지 궁금해하시고, 만약 찾으셨다면 곧바로 소저께 은병을 내어 드려…."

복실이 청자 대접에 뇌원차 가루를 붓고 대나무 솔로 휘휘 저었다. 고운 거품이 일었다. 진의는 복실에게서 대접을 건네받아 해무리굽 완 두 개에 가루차를 적당히 나누어 담았다.

"한잔 드시지요. 저는 지난번 왕 대인의 말씀을 듣고 뇌원차를 맛본 다음부터 쭉 뇌원차만 마시고 있답니다. 은근히 끌리는 맛이죠?"

무스타파가 짙은 속눈썹으로 둘러싸인 우묵한 눈을 끔벅거리며 찻잔을 두 손으로 감쌌다.

"그럼요. 저도 뇌원차를 좋아합니다. 그런데 문서는…?"

진의가 찻잔을 내려놓으며 말했다.

"저는 솔직히 왕 대인이 이토록 서두르는 까닭을 모르겠습니다. 대식국 선박은 망망대해 어디에선가 침몰했을 것 같다면서요? 어쨌든 여태까지 아무 소식이 없는 것은 사실이잖아요? 배가 들어오지 않으면 계약서가 다 무슨 소용인가요? 만약 배가 침몰했다면 계약서는 아무짝에도 쓸모없는 종잇조각이 되는 거잖아요. 그런데 왕 대인께서는 왜 약재 계약서와 은병을 바꾸려 하시는 거죠?"

이상한 거 맞죠, 아버지? 정작 안달복달해야 할 사람은 저잖아요. 그런데 왜 왕 대인이 안달을 하는 거죠?

찻잔 속에서 아버지의 미소가 언뜻 보이는 듯했다.

우리 진의가 이제 장사꾼이 다 됐구나. 맞아. 장사꾼은 결코 밑지는 장사를 하지 않거든. 겉으로 하는 말과 속마음은 다르단다. 속마음을 꿰뚫어 볼 수 있어야 해.

"왕 대인은 송나라 사람이지만, 이 벽란도에서는 누가 뭐래도 터줏대감이잖아요?"

무스타파가 들릴락 말락 낮은 목소리로 대답했다.

"그럼요."

진의의 목소리는 높지도 낮지도 않았고 말투는 평소보다 약간 느릿했다.

"벽란도로 들어오는 외국 상인들 소식이야 왕 대인이 웬만한 고려 사람보다 훨씬 잘 안다고 소문이 자자하지요. 그러니 아버지와 거래한 대식국 사람들 소식도 들었을 거예요. 배가 침몰하지 않았고 조만간 벽란도로 들어올 거라는…. 그렇지요?"

그 즈음에서 진의는 무스타파의 표정을 살폈다. 워낙 가무잡잡한 살빛이긴 했으나, 그렇다고 해서 얼굴색의 변화가 드러나지 않는 건 아니었다. 이번에는 아예 '그럼요'를 기대하지도 않았으므로 진의는 미소 띤 얼굴로 손사래를 쳤다.

"말 안 해도 돼요. 왕 대인을 배신할 수 없는 입장인 거, 잘 아니까요."

◇◇◇

왕자오의 다점은 그 사이 더 번성해 있었다. 야외에도 기름 먹인 천막을 치고 탁자 몇 개를 내어놓았고, 차와 함께 먹을 수 있는 과자와 떡도 팔았다.

진의는 재수의 도움을 받아 계약서를 쓰고 수결했다. 재수가 계약서를 들고 물러났다. 왕자오의 서기도 재수를 뒤따라갔다. 약재 계약서 목록의 삼분지 일과 은병 백 개를 맞바꾸겠다는 내용의 계약이 마침내 이루어졌다.

왕자오의 하인이 쟁반에 물수건을 담아 왔다. 왕자오와 진의는, 계약서를 쓰고 수결하느라 생긴 먹 얼룩을 물수건으로 꼼꼼히 닦았다. 또 다른 하인이 세 발 화로에 물을 끓여 쌍각 용 그림을 새긴 쟁반에 녹차를 내왔다. 향내가 짙으면서도 부드러웠다. 왕자오가 진의에게 차를 권하며 말했다.

"이 차는 촉산에서 이른 봄에 따는 차인데, 차 맛이 어떨지 모르겠군요."

무스타파가 손짓으로 찻잔을 가리키며 통역했다.

진의는 차 한 모금을 입안에 머금고 찻잔을 살폈다. 비취색 도자기 찻잔의 부용꽃 무늬가 어찌나 정교한지 창으로 들어오는 산들바람에 금방이라도 하늘하늘 날아갈 듯했다.

진의가 찻물을 삼키고 말했다.

"아침 이슬처럼 맑고 가을 숲처럼 그윽한 맛입니다."

주전자를 들어 진의와 무스타파의 잔에 차를 더 채워 주며 왕자오는 속생각을 했다.

그나저나 이 아이, 보통내기가 아니야. 만약 이 아이가 급한 마음에 앞뒤 생각하지 않고 내 첫 제안을 덥석 받아들였다면, 나는 이 아이를 어떻게 생각했을까. 나한테 엄청난 이익을 안겨 주어 고맙긴 하다마는, 너도 참 어쩔 수 없는 조무래기 계집아이에 불과하구나, 생각했겠지. 호랑이의 자식이 겨우 고양이라니 안타깝다는 생각도 했음 직하고. 두고두고 이 아이와 거래를 하거나 동업을 하겠다는 생각은 결단코 하지 않았겠지. 하지만 결과적으로 일이 풀린 모양새를 보아하니, 이 아이는 새끼 호랑이야….

왕자오가 입을 열었다.

"사흘 안에 유향과 희귀 약재를 가득 실은 대식국 배가 벽란도에 들어올 것입니다. 준비는 잘되어 가고 있습니까?"

무스타파가 통역하자, 진의가 대답했다.

"제 서기가 짐꾼들을 수소문하고 수레 또한 용도에 맞게 빌리고 있습니다. 통역은 무스파타가 맡을 것이고요."

고개를 끄덕끄덕하던 왕자오가 불현듯 상체를 진의 쪽으로 수그리며 큰 비밀이라도 털어놓는 양 목소리를 낮추었다.

"근래에 고려 상국께서 눈병이 낫지 않아 몹시 괴로워하신다는 소식을 들었습니다. 송나라에서는 눈병에 용뇌[11]를 쓰지요. 아마도 대식국 약재 중에 용뇌가 있을 터이니, 약재가 손에 들어오면 제일 먼저 상국께 바치시구려."

무스타파도 덩달아 작은 목소리로 통역했다. 진의가 되물었다.

"상국께요?"

아버지와 함께 팔관회에서 처음 보았던, 호위무사들에게 몇 겹으로 둘러싸여 있던 사람. 새어머니 표현을 빌리면, '무법천지' 고려의 최고 권력자.

왕자오가 눈을 거의 감다시피 가늘게 뜨고는 고개를 끄덕였다.

_____

11. 녹나무에서 흘러나온 액체 혹은 증류해서 얻은 백색 결정체.

대식국에서 온 용뇌로
마침내 눈을 치료하고 보니

재수가 용뇌를 포장하며 말했다.

"가게에 종이 재고가 좀 있었으니 망정이지 그조차 없었으면 포장도 못 할 뻔했지 뭐냐. 어떻게든 질 좋은 종이를 구해 보려 했다만, 장안의 종이란 종이는 죄다 기도문으로 사라졌다니 원."

재수는 잠든 아기를 만지듯 조심조심 용뇌를 얇은 종이로 두세 겹 싸고 구름무늬 비단 보자기로 한 번 더 싼 다음, 색동 끈으로 매듭을 지었다.

"김자명, 그 요망한 점쟁이가 얼마나 난리굿을 쳐 댔으면!"

진의가 어두운 표정으로 한마디 거들었다.

이번 일로 최우가 김자명을 크게 혼내고 내쳤다는 소문이 돌고 있었다. 한편에서는 최우가 김자명처럼 장님이 될 거라는 소문도 돌았다. 진의가 사람을 풀어 알아보니 소문과 실제 상황은 당연히 달랐다.

우선, 눈병이 심해져 정사를 돌보지 못할 정도가 된 최우가 김자명에게 비법을 부탁한 것은 틀림없는 사실이었다. 이에 김자명이 정성스레 목욕하고 사흘 밤을 새우며 기도한 후 내놓은 점괘는, 개경 사람들이 모두 기도문을 지어 하늘이 감동할 만치 빌어야 상국의 눈이 낫는다는 거였다.

하늘을 감동시켜야 한다니, 최우의 권세가 두려운 개경 사람들은 앞다투어 종이를 사서 기도문을 짓고 태우는 시늉이라도 해야 했다. 김자명 스스로도 무수한 기도문을 써서 기도하고 태웠지만, 결과적으로 아무 효험이 없었고 상국의 눈병은 오히려 심해졌다.

김자명은 최우의 신임을 잃을까 자나 깨나 걱정하다 애먼 백성들을 족치기 시작했다. 너희가 정성이 부족하여 하늘을 감동시키지 못하니 상국의 병이 낫지 않는 것이다, 기도문을 더 많이 쓰고 더 많이 빌어라, 빌고 또 빌어라, 빌지 않는 자는 역적이다, 하면서.

이제 집구석에 종이 태운 흔적이 없으면 역적으로 몰릴 판이었다. 개경 사람들은 최우도 두려웠지만, 점쟁이의 요사스러운 계략이 더 두려웠다. 점쟁이에게 미움을 산 적이 있는 사람들은 더한 위기감을 느꼈다. 그들은 밤낮으로 종이 태우는 연기를 만들어 내야 했다.

진의 또한 김자명의 모함을 받아 억울한 지경에 빠질까 겁이 더

럭 났다. 진의가 이재수 서기와 하인들을 데리고 은병 백 개를 갚으러 가자, 김자명은 긴 수염을 푸들푸들 떨며 노여움을 드러냈었다. 진의는 재수에게 뒷일을 맡기고 서둘러 인사만 하고 돌아섰는데, 김자명이 내쏘는 노여움과 미움의 화살이 뒤통수를 마구 찌르는 것 같아 걸음이 제풀에 빨라졌더랬다.

진의는 김자명이 하지 않은 말도 들은 것 같았다.

못된 계집애, 언제라도 너를 내 앞에 무릎 꿇리리라. 살려 달라고 비는 꼴을 보고야 말리라.

진의는 혹시나 용녀마저 효험이 없으면 어떡하나 싶어 처음에는 왕자오의 말을 듣지 않으려 했다. 그러나 요즈막 궁지에 몰린 김자명이 엉뚱한 사람을 재물 삼아 피바람을 일으킬 것 같은 예감이 들었다. 그 엉뚱한 사람은 진의가 될 가능성이 컸다. 요망한 계집아이가 상국을 저주한 탓에 병이 낫지 않는 것입니다, 라고 김자명이 그 날렵한 혀를 놀려 대면, 눈병 때문에 마음마저 약해진 상국이 과연 넘어가지 않고 배기겠는가? 일이 그렇게 풀리면 진의 혼자 죽는 것으로 끝나지 않을 터였다. 새어머니는 물론이고 새어머니 배 속에서 무럭무럭 자라는, 부쩍 태동이 활달해진 아기 동생한테까지 화가 미칠 게 뻔했다.

진의의 표정을 읽은 재수가 다가와 위로했다.

"너무 걱정하지 마. 책방 어른 말씀으론 상국이 아주 글러 먹은 사람은 아니라더라. 한편으론 점쟁이를 가까이 두고 점괘에 의지하면서도 거기에 완전히 빠지지는 않는다대. 두 아들이 망나니짓을 한다고 머리를 깎아 절에 보낸 것만 해도 사사로운 감정에 치우친 분은 아니라는 사실을 알 수 있지. 눈병에 용뇌가 좋다는 말도 진작에 듣고 백방으로 용뇌를 구하고 있었대. 지난번엔 가짜 용뇌로 치료까지 했는데, 되레 더 나빠졌다지. 하지만 그건 가짜였으니까 그런 거고 우리 것은 진짜잖아."

진의가 억지 미소를 지으며 대답했다.

"달리 방법이 없는데 어쩌겠어."

진심이었다. 달리 방법이 없을 때는 그 하나의 방법을 취하되 최선을 다하라, 고 내 마음속 부처님이 말씀해 주셨어. 견불!

"아, 참, 오라버니. 어사가 어디 있는지 알아냈다고 했지?"

망쇠를 시켜 그 집에다 무스타파의 고약을 가져다줘야겠다고 진의는 생각했다. 쥐가 고양이 생각해 주는 꼴이다 싶다가도, 사건의 실체를 알아내려면 미움에 눈멀지 말아야 한다는 판단이 섰다.

◇◇◇

도방[12]이라는 데가 이런 곳이구나….

감히 눈을 치켜뜰 수 없는 상황이었지만, 진의는 틈을 보아 살짝

---

12. 무신정권 시절, 집권자가 업무를 보던 장소. 원래는 집권자를 경호하는 사병 집단을 가리키는 말이었다.

살짝 상국의 얼굴을 훔쳐보았다. 먼발치에서 어렴풋이 윤곽만 보았을 때는 상상이 지나쳐 그랬는지 이 세상 사람이 아닌 듯했는데, 가까이서 보니 뜻밖에도 이웃 책방 노인과 별다를 바 없는 모습이었다. 눈썹과 수염이 모두 희끗희끗한 데 비하여 피부에 주름살은 거의 없고 반질반질했다. 호위무사에게 무언가를 명령한 상국이 진의 쪽으로 눈길을 돌렸다. 진의는 얼른 이마가 바닥에 닿도록 고개를 조아렸다.

"옛날 사람들은 백 살에도 능히 책을 읽었다고 하는데, 내 나이 이제 겨우 마흔 어름에 눈동자 안에 구름 같은 막이 끼어 가까이 있는 사람도 알아보지 못하고 평생의 즐거움인 책을 읽을 수 없었다. 개경의 숱한 의원들이 모두 내 눈을 치료하겠다고 나섰으나 능히 이 병을 다스리는 자가 없었다. 기도문은 얼마나 많이 지었고 제사는 또 얼마나 많이 지냈던가. 개경의 하늘에 그 기도문 태우는 연기가 하루라도 자욱하지 않은 때가 언제던가. 그러던 중에 네가 바친 용뇌로 마침내 눈을 치료하고 보니, 마치 밤하늘에서 달이 오랫동안 사라졌다 돌아온 것처럼 반갑고도 기쁘도다."

진의는 잠시 할 말을 잊었다. 갑자기 정수리가 참을 수 없이 가려웠다. 손톱을 세워 박박 긁을 수만 있다면 소원이 없을 것 같았다. 진의는 윗니로 아랫입술을 꼭 깨물었다. 책방 노인이 해 준 말이 떠올랐다.

상국은 사람 목을 수없이 벤 사람이다. 그렇다고 학문과 지식이 없는 사람도 아니다. 이전에 권력을 잡은 무신들과 달리 서방書房을 만들어 문인들을 극진히 대우해 준다. 이규보 같은 문인이 상국 아니었으면 어떻게 이런 난세에 날개를 펼칠 수 있었을까. 우리 책방도 상국 덕을 많이 봤다. 어쨌든 간에 여간 무서운 사람이 아니니 그 앞에서 입을 잘못 놀렸다가는 큰코다칠 것이다. 그저 납작 엎드려, 황공하옵니다, 망극하옵니다, 그 두 말씀만 올리면 될 것이다.

"망극하옵니다, 합하."

"내가 근래에 치아가 흔들리고 치통이 있어 몹시 괴롭다. 이에 대해서도 혹 대식국의 치료법이 통할지 모르니 의원과 의논하여 처방을 올려 보아라."

치통! 문득 아버지 생각이 난 진의가 말했다.

"제 아비도 치통으로 고생하였사옵니다. 한창 아플 때는 밤잠을 이루지 못하고 소금물을 머금거나 마가목 열매를 물곤 하였습지요. 심할 때는 머리가 깨질 듯하고 뼛속까지 쑤신다고 했사옵니다. 씹어야 할 것을 씹지 못하고 죽처럼 부드러운 음식을 대충 삼키기만 하니 사는 즐거움이 없다고 한탄하실 때, 제 마음도 어찌나…."

감히 상국 합하 앞에서 군더더기 너무 긴 것 아닌가?

팔뚝에 소름이 오스스 돋았다. 진의는 얼른 고개를 조아리고 기어 들어가는 목소리로 말했다.

"황공하옵니다, 합하."

상국이 껄껄 웃었다.

"네가 치통에 대해서 좀 아는구나. 잘되었다. 어떻게든 치통을 덜고 치아를 보존할 방도를 구해 보아라."

"황공하옵니다."

그때 시종들이 비단 보자기로 싼 상자 여러 개를 들고 왔다. 상국이 손짓을 하였다.

"이 아이에게 물건을 보여 주어라."

시종들이 보자기를 풀고 오동나무 상자 뚜껑을 열자, 상국의 하

사품이 정체를 드러냈다. 손잡이에 칠보 세공을 한 은수저, 청자 다구 일체, 금으로 만든 화장품 그릇이 있었다. 진의의 입이 저절로 벌어졌다.

"망극하옵니다, 합하."

평화가 주는 이문이 가장 큽니다

쫓기는 듯 급히 소피를 본 홍상진이 어깨를 부르르 떨며 방으로 들어갔다. 황궁에서 멀지 않은 관영주점, 거기서도 깊숙이 숨어 있는 별채.

저고여가 보낸 쪽지는 새벽에 몽골 심부름꾼한테서 받았다. 저고여가 직접 물건을 받으러 온다는 내용만 있었다. 언제 올지는 모른다. 홍상진으로서는 이제나저제나 애타게 기다리는 수밖에 없다.

주점 주인이 몸소 자그마한 다과상을 들고 왔다. 낮말은 새가 듣고 밤말은 쥐가 듣는다 했다. 황제의 먼 친척뻘인 주인은 은밀히 홍상진을 도와주라는 황제의 명을 받았다. 황제가 최우를 두려워하듯 주인 역시나 최우의 오해를 살가 두려웠기에 하인들 모두를 저고여 맞을 준비에 투입시키고 별채 근처에는 개미 새끼 한 마리 얼씬하지 못하게끔 했다.

"이것으로 시장기라도 면하시오."

주인이 넓게 퍼진 콧방울을 씰룩거리며 투덜거렸다.

"저고여란 놈이 우리 황제폐하 앞에서 얼마나 사납고 악착한 행악을 부렸는지 홍 객주도 들었을 것 아니오? 내 참, 당최 더럽고 아니꼬워 견딜 수가 있나. 제깟 놈들이 언제부터 대국이었다고? 요즘 같은 시국에는 나도 상국 편을 들고 싶단 말이지."

홍상진이 떡 한 조각을 집어 입에 넣으며 고개를 끄덕끄덕했다. 검은 비단 두건 아래 허옇게 센 귀밑머리가 삐져나왔다. 오빈관 가는 길목에서 종적을 감춘 후 지금껏 사람의 눈을 피해 어둠 속에서만 움직이다 보니 자연히 몸이 축나고 기력이 떨어졌다.

"일이 점점 어렵게 되고 있기는 합니다. 하지만 포기하기엔 이르지요. 우선 저에게는 저고여를 구워삶을 물건이 있습니다. 그자는 지난번 사행 때 저한테서 받아 간 머리꾸미개로 한 여인의 호감을 샀답니다. 그 여인은 칭기즈칸[13]의 딸로 황가에서도 말발이 제법 센 축에 속한다지요. 그 여인이 이번 사행에서도 머리꾸미개를 비롯한 고려 장식물들을 구해 오라고 했답니다."

"홍 객주 말대로 머리꾸미갠지 뭔지로 저고여란 놈을 구워삶았다 칩시다. 그런들 무엇이 달라지겠소? 그는 일개 사신일 뿐이오."

---

13. 몽골 제국의 제1대 왕. 원래 이름은 테무진.

"저는 이번에 그자를 따라 몽골로 가려 합니다."

주인이 차를 따르다 말고 홍상진의 얼굴을 빤히 바라보았다.

"저에게는 눈에 넣어도 아프지 않은 딸이 있습니다. 그 아이는 예쁜 물건, 재미난 이야기나 신기한 볼거리, 훌륭한 음악과 맛있는 음식과 맑은 차를 좋아하지요. 저고여가 사모하는 황녀의 취향이 제 딸아이와 비슷한 듯합니다. 하지만 몽골에는 그런 것들이 없지요. 저는 탄성이 절로 나올 만치 어여쁜 견본품들을 가지고 가서 그 황녀를 구워삶을 겁니다. 그 다음에는 황후와 후궁들도 구워삶아야지요. 이토록 아름다운 것들을 만들어 내는 고려를 쳐서 잿더미로 만들면 몽골에 무슨 도움이 되겠느냐, 차라리 교역을 확대하여 고려의 솜씨를 몽골에서 향유하는 편이 좋지 않겠느냐, 이런 생각이 절로 들도록 구워삶고 또 구워삶을 겁니다. 마침내 그녀들 스스로 나서서 테무게 옷치긴[14]을 구워삶을 때까지 말입니다."

주인이 콧방울을 벌름거리며 웃었다.

"아이고 어느 세월에? 꿈 깨시구려."

"만에 하나의 가능성일지언정 포기하고 싶지 않습니다."

"우리가 비록 신분은 달라도 장사꾼이라는 점에서는 매한가지니 장삿속으로 말해 봅시다. 장사꾼이 무슨 이문이 남는다고 이런 일을 하오?"

---

14. 칭기즈칸의 막내동생. 칭기즈칸이 원정을 나가 있는 동안 형을 대리하여 몽골을 통치했음.

"장사꾼이라면 남는 장사를 해야지요. 밑지는 장사를 해선 안 됩니다. 이 전쟁은 일단 터졌다 하면 걷잡을 수 없이 밑지는 장사입니다. 최상국은 몽골이 얼마나 강대한 제국인지 모릅니다. 기껏해야 여진이나 거란보다 약간 융성한 정도로 생각하지요. 장사꾼이 왜 이런 일을 하느냐고요? 이문이 제일 크니까요. 평화가 주는 이문이 제일 큽니다."

주인이 쉬 동의하기 싫다는 표정으로 코끝을 긁었다.

"저는 귀한 차와 다구, 비단, 보석, 여인들의 장식품, 희귀 약재 같은 것을 파는 장사꾼입니다. 전시에 그런 물건이 팔리겠습니까? 평화로운 일상생활이 있어야 여유와 아름다움을 추구하지요. 평화가 없으면 그런 물건은 팔리지 않습니다."

주인이 눈을 가늘게 뜨고 입술을 뾰족하게 모으고는, 전시에는 주점도 문을 닫을 수밖에 없다는 생각을 하는 듯, 보일락 말락 고개를 끄덕였다.

홍상진은 별안간 목이 콱 메는 느낌에 차를 거푸 마셨다. 떡 때문인가 생각했으나, 그게 아니었다. 딸아이 얘기만 꺼냈는데도 오래 못 본 진의와 아내를 향한 그리움이 가슴을 가득 채우다 못해 목구멍을 치고 올라왔던 것이다.

진의는… 고맙고 자랑스럽고 그립다. 아내는… 가엾고 미안하고 그립다. 아기가 태어났을 때 옆에 있어 줄 수 있을까. 몽골에서 일이 여간 잘 풀리지 않는 한 불가능할 것이다. 기약 없는 여정에 나서기

전에 내일이라도 가게를 찾거나 편지라도 전하고 싶지만, 동진[15]의 첩자들에게 덜미 잡힐 일은 할 수 없다.

"참, 동진 사람들은 어찌 됐다고 합니까? 새로운 소식이라도?"

주인이 이번에는 눈썹을 긁으며 말했다.

"홍 객주도 알다시피 한 놈은 자결해 버렸고 다른 놈들은…. 하지만 그놈들을 잡은들, 동진이 없어지지 않는 한, 일이 쉬 해결되겠소?"

동진이 없어지지 않는 한.

홍상진은 입속으로 그 말을 되뇌었다. 한숨이 절로 나왔다. 동진의 표적이 됐다는 사실을 알고부터 두 다리 뻗고 편히 잠든 날이 없었다. 동진만 끼어들지 않았다면 가족과 생이별하고 하루하루 목숨을 걱정하며 살아갈 까닭이 무엇인가.

동진에서 고려에 첩문 두 통을 보내온 것은 올해 정월의 일이다. 한 통은 자기네 나라 상황을 설명하고 있었다. 칭기즈칸은 서쪽으로 원정을 나간 지 오래되어 살아 있는지 죽었는지조차 알 수 없고 테무게 옷치긴은 탐욕스럽고 포악하므로 몽골과 우호관계를 끊었다는 것. 나머지 한 통은 동진과 고려 땅에 각자 교역소를 설치하고 활발히 오가며 무역을 행하자는 내용이었다. 그 말인즉슨 두 나라가 몽골을 따돌리고 사이좋게 지냈으면 좋겠다는 것.

---

15. 고려 고종 3년(1216)에 여진족 포선만노가 두만강 유역에 세운 나라로 19년 동안 존속했다.

당장 먹기엔 곶감이 달다고, 몽골 사신이 더 횡포하니 동진 쪽 제안에 솔깃해하는 신하들도 있었다. 황제는 정보 수집차 외국 정세를 좀 안다 싶은 승려, 사신, 상인 등을 불러 의견을 물었다. 그 자리에 불려 간 홍상진은, 몽골이 거인이라면 동진은 그의 새끼발가락 한 개에 불과하다, 동진과 손잡고 몽골을 상대한다는 것은 말도 안 되는 얘기다, 몽골과의 전쟁은 만에 하나의 가능성까지 동원하여 막아야 한다, 예로부터 몽골은 고구려를 형제의 나라라 여겼고 우리 고려가 고구려를 계승했다고 생각한다, 아직은, 아직까지는, 몽골과 우애로운 형제 관계를 만들어 가는 꿈을 꾸어야 한다고 주장했다. 아마도 헛꿈일 테지만 헛꿈이라도 꾸고 싶다, 고 황제는 애써 헛웃음을 지었다.

그 회동에서 홍상진이 했던 말이 동진 쪽으로 새어 나간 듯싶다. 그때 온갖 말을 다하며 동진과 연합해야 한다고 역설했던 사신이 동진 쪽에 말을 전하며 홍상진에게 덤터기를 씌운 것 같은데, 증거는 없다. 어쨌든 홍상진은 그로부터 몇 달 뒤 만발한 살구꽃나무 위에서 동진 첩자의 화살을 맞고 죽을 뻔했다. 왕자오에게서 은병을 융통하여 김자명의 것을 미리 갚아 버리고자 오빈관으로 가던 길. 영문도 모르고 쫓기던 그날 밤을 떠올릴 때마다 홍상진은 정수리가 뜨끔하고 등줄기에 식은땀이 흐른다.

동진뿐만 아니라 김자명에게 써 준 문서도 큰 걱정거리였다. 애당초 김자명이 아니라 왕자오에게서 빌렸으면 뒤탈이 없었을 텐데, 하필 그 시점에 왕자오가 송나라엘 가는 바람에 일이 그렇게 꼬였더랬다. 황제의 밀명을 받들어 몽골 사행에 지참할 귀한 보석, 값비싼 장식품들을 사서 쟁이다 보니 평상심을 잃었던 것인가. 안 그랬으면 김자명에게 차용증 말고도 문서 한 장을 더 써 주었을 리 없는 것을. 김자명은 설마 걸리랴 하고 던져 본 올가미에 홍상진이 턱 걸리자, 홍상진이 국법을 어기고 인삼 밀매를 지휘한다고 추리한 모양이었다. 왕자오는 대식국 약재 선금을 김자명의 급전으로 결제했거니 생각했을 테고.

우여곡절 끝에 대식국 배가 벽란도로 들어왔고 진의가 용케 난제를 해결했단 이야기는 박쥐처럼 사는 홍상진의 귀에도 들어왔다. 요즈막에 들은, 유일하게 뿌듯하고 희망적인 소식이었다.

별안간 주인이 귀를 쫑긋 세웠다.

"저고여가 온 모양이오. 행운을 빌겠소."

주인이 다과상을 들고 나갔다.

홍상진은 두 손바닥을 모으고 부처님 가피를 빌며 일어났다.

몽골에 빌붙은 역적은 살릴 수 없다

"요즘 잘나간다지?"

비꼬는 목소리가 귀에 익었다. 김강주였다. 볼살이 쏙 빠져서 얼굴이 예전보다 훨씬 길어 보였고, 눈 밑에 검은 그늘도 드리워 있었다.

김자명 집안의 형편이 좋지 않다는 소식은 진의도 들었다. 김자명은 이번 일로 최우의 믿음만 잃은 게 아니었다. 개경 바닥에서는 얼굴을 들고 다니지 못할 정도로 인심을 잃었다. 점 보러 오던 사람들이 발길을 딱 끊은 것은 물론이고 웬만한 상인들은 거의 다 거래를 끊었다는 소문이 짜했다.

진의는 눈길도 주지 않고 자리를 뜨려 했다. '네 아버지 소식'이라는 말이 귀에 들어오기 전까지는.

"아버지 소식이라니 그게 무슨 말이야?"

"알고 싶거든 나를 따라와. 너 혼자."

강주가 턱짓으로 망쇠를 가리켰다. 망쇠가 걱정스러운 눈빛으로 진의를 바라보았다. 진의가 망쇠의 등을 토닥였다.

"별일이야 있겠느냐?"

광화문 한복판이었다. 지나가는 사람도 많고 지켜보는 눈도 많았다.

김강주가 제 아무리 강심장이라 한들 이런 데서 사람을 해코지하겠어?

진의는 그렇게 스스로를 안심시키고 강주를 따라나섰다. 강주는 번화한 거리의 끝에 다다를 때까지 빠른 걸음으로 걸었다. 진의가 따라오든 말든 뒤도 돌아보지 않았다.

어라?

눈앞에서 김강주가 사라졌다. 두리번거리는 진의의 눈에 방금 사람이 들락거린 듯 덜렁거리는 쪽문이 보였다. 진의는 쪽문으로 발을 들이밀었다. 평평한 땅인 줄 알고 발을 척 내려놓았는데, 경사가 심한 층계였다. 진의는 발을 헛디디고 굴러떨어졌다.

"으악!"

철컥.

문 잠기는 소리가 들렸다. 진의는 이를 악물고 눈을 부릅떴다. 캄캄한 지하라 아무것도 보이지 않았다. 향냄새가 너무 짙어 숨을 쉬기도 힘들었다.

벽란도의 새끼 호랑이

이 냄새는?

진의는 콧구멍을 벌름거렸다. 김자명의 방, 청자 향로에서 끝없이 피워 올리던 그 향냄새였다.

"호들갑 떨지 마라. 무릎에 멍이야 좀 들었겠지만 뼈는 부러지지 않았으니 걱정할 필요 없다."

역시나, 보지 못하면서 다 보는 척하는 김자명의 목소리였다.

"벽란도에서 개경으로, 개경에서 벽란도로, 물 만난 고기 같이 싸돌아다닌다기에 제 아비 소식에는 관심도 없는 줄 알았더니 그래도 아비가 죽었는지 살았는지는 알고 싶은 모양이군그래."

진의는 보이지 않는 눈 대신, 귀에다 온 신경을 집중했다. 김자명 말고도 인기척이 있었다. 김강주인 것 같았다. 진의는 목청을 가다듬고 최대한 차분한 말투로 입을 열었다.

"어르신, 왜 이런 일을 하십니까? 제 아버지와 거래하시며 오랫동안 믿음과 의리를 쌓아 오셨지 않습니까?"

김자명이 글그렁글그렁 가래 끓는 소리를 내며 웃었다.

"그러고 보니 네 아비와 거래한 지도 이십 년이 넘었군. 내가 수많은 상인들과 거래해 봤지만, 네 아비만큼 장삿속이 빠르면서도 인품이 넉넉한 상인이 없었지. 그래서 내가 네 아비와 사돈의 인연을 맺고 싶어 했던 거다. 지금은 다 끝난 이야기다마는."

김강주의 숨소리가 갑자기 커졌다.

"다 끝난 이야기라니요? 이제 와서 말씀을 바꾸시면 아니 됩니다, 아버님."

김자명이 웬 막대기 같은 것을 강주 쪽으로 집어 던졌다. 강주가 이마인지 어깻죽지인지를 맞고 신음 소리를 냈다.

"어리석은 놈. 역적의 딸과 혼인하면 우리 집안도 함께 망한다는 사실을 어찌 모르느냐?"

이번에는 진의의 숨소리가 커졌다.

"역적이라니요? 무슨 말씀을 하시는 겁니까?"

김자명이 또 다시 가래 끓는 소리를 냈다.

"어제 몽골 사신 저고여 일행이 개경을 떠났다. 그 싸가지 없는 오랑캐가 우리 황제폐하와 조정 신료들을 얼마나 깔보고 무시했는지는 너도 잘 알 것이다."

뜬금없었지만 진의는 일단 귀를 기울였다. 몽골 사신에 관한 소문은 벽란도에도 왁자했다. 그들이 고려 조정을 깔보고 무시한 것만이 문제가 아니었다. 수달 가죽 1만 령, 고운 명주 3천 필, 가는 모시 2천 필, 종이 10만 장 이외에도 붓, 먹, 물감, 오동나무기름 등의 공물을 어마어마하게 요구했다고 했다.

"그런데 그 호랑이한테 물려 가도 시원치 않을 몽골 오랑캐 저고여가 개경에서 딱 한 사람을 몰래 만났는데, 그 사람이 누군지 아느냐? 바로 네 아비다. 네 아비는 심지어 그 저고여란 놈을 따라 국경으로 갔다는구나."

진의는 혼란스러운 와중에도 그 소식이 반가웠다. 어쨌든 아버지가 멀쩡히 살아 있다는 얘기가 아닌가.

"어르신은 어떻게 그런 일을 다 아시는지요?"

어르신 두 눈으로 직접 보신 것도 아니잖아요, 라는 말은 도로 삼켰다.

"어사가 몇 달 전부터 네 아비 뒤를 밟고 있었다. 어사가 네 아비 일을 황제폐하께도 아뢰었다니 이제 네 아비는 역적이 되고 네 집안은 풍비박산 나는 수밖에 없으렷다."

"몽골 사신을 만났다고 해서 무조건 역적이 되는지요?"

진의는 김자명의 말을 믿을 수 없었다. 머릿속이 복잡하다 못해 뜨거웠다.

책방 어른한테 여쭈어볼까? 아니, 차라리 상국 합하를 만나 볼까?

"두 나라 관계가 괜찮을 때야 얼마든지 만나도 되지. 하지만 지금 몽골은 우리 고려의 원수가 아니냐. 원수와 몰래 만난다는 건 누가 뭐래도 역적 짓이지. 특히나 상국은 몽골이라면 이를 갈고 치를 떠는 분이다. 내가 네 아비와의 의리를 생각해 상국을 설득해 보려 한들 몽골에 빌붙은 역적은 살릴 수 없다. 너 역시나 빼도 박도 못하는 역적의 딸이다마는 상국의 눈병을 고친 공이 있고 아직 나이 어리니 목숨만은 부지할 수도 있겠다. 하지만 재산을 모두 빼앗기고 어느 대갓집 계집종으로 살아야 할 테지."

진의는 자꾸만 흐리멍덩해지는 정신을 차리려고 주먹을 쥐었다

폈다 하고 입술을 빨았다 깨물었다 했다.

호랑이한테 물려 가도 정신만 차리면 산댔어.

그러나 향냄새와 연기 때문인지 아니면 마른하늘에 날벼락 같은 김자명의 얘기 때문인지 아무리 애를 써도 정신이 차려지지 않았다.

빼도 박도 못하는 역적의 딸에다 장차 아무 재산도 없이 남의 노예가 될 계집아이를 구태여 이런 곳으로 끌고 온 까닭은 무엇인지요, 라고 묻고 싶은데, 이상하게 목소리가 나오지 않았다. 눈이 스르르 감겼다.

김자명이 캑캑 기침을 돋우다 목청을 다듬고 말했다.

"기왕에 나라에 빼앗길 재산이라면 나한테 주는 편이 낫지 않겠느냐? 그 대신 내가 네 의붓어미와 곧 태어날 아이를 보살펴 준다고 약조하마. 그 아이만 살아남아도 네 집안은 완전히 망한 게 아니잖느냐. 자, 손을 이리 다오. 여기에다 수결을 하면 된다."

진의는 저도 모르게 손을 내밀었다.

"그래그래, 옳지."

김자명이 진의의 손에 가는 붓을 쥐여 주었다. 진의는 몹시 졸린 사람처럼 고개를 까딱거렸다.

"강주야, 이 아이 허리춤 어딘가에 도장이 있을 거다. 뒤져 보거라."

강주는 진의의 허리춤을 어루더듬는 척하다 별안간 진의를 붙들어 안고 뒤돌아섰다.

"강주, 이 어리석은 놈!"

김자명이 술 먹은 돼지 소리를 내며 호통을 쳤다. 그러거나 말거나 강주는 진의를 안은 채 층계를 성큼성큼 올라섰다.

햇살이 소낙비처럼 쏟아졌다. 진의는 잠깐 고개를 들었다가 곧바로 정신을 잃었다.

나, 이제 집으로
돌아가지 않을 거야

저게 뭐지?

까마득한 허공에서 붉은 점 같은 물체가 하늘거렸다.

진의는 온몸을 부르르 떨며 일어나 앉았다. 헐벗은 나무 우듬지에서 붉게 물든 나뭇잎 한 장이 바람에 흔들리고 있었다. 오래 묵은 살구나무였다.

"그 향냄새가 아주 독해. 거기가 통풍이 안 되는 곳이라 익숙지 않은 사람은 정신을 잃기도 해."

김강주였다. 그러고 보니 살구나무 둥치에 묶인 것은 강주의 말이었고, 진의가 깔고 앉은 것은 강주의 겉옷이었다.

"나, 이제 집으로 돌아가지 않을 거야. 아버님께서 하시는 일이 모두 나를 위해서라고, 스스로 우격다짐하며 믿었는데, 그게 아니었어. 이번에도 너를 구하고 너와 혼인할 수 있는 방법이 이것뿐이라고 해서…."

강주의 목소리에서 비아냥이 사라졌다. 진의는 강주의 얼굴을 가만히 뜯어보았다. 김자명이 던진 막대기에 맞은 자국인지 이마와 눈썹을 엇질러 눈 밑 광대뼈까지 핏방울이 말라붙은 생채기가 나 있었다.

"안 그래도 내가 미웠을 텐데 이번 일로 완전히…. 무슨 말로 사과해야 할지 모르겠다."

강주가 진의의 눈길을 외면하며 말했다. 진의는 강주의 진심을 느낄 수 있었다.

그러니까 김강주 너, 나를 정말로 좋아한 거였네? 자존심과 질투심 때문에 그렇게 끊임없이 비아냥거린 거네? 내가 너한테는 관심도 없고 재수 오라버니만 줄곧 쫓아다니니까 그게 꼴 보기 싫어서 더 못되게 굴었던 거네? 강주 너도 참, 약으로도 못 고칠 바보로구나.

"여기, 오빈관 가는 길이지?"

마음이 복잡해진 진의가 말을 돌렸다. 강주가 고개를 끄덕이고는 손가락으로 살구나무 우듬지를 가리켰다.

"객주 어른이 어디서 사라지셨게? 바로 이 나무야. 저 위에서…."

강주가 진의를 향해 자세를 고쳐 앉았다.

"네가 나를 내쫓고 얼마 안 되었을 때야. 감검청 어사가 우리 집에 점을 보러 왔더라고."

"어사도 점을 보러 다니나?"

"어사뿐이겠어? 아버님이 상국의 총애를 받을 때에는 조정 신료들 거반이 우리 집 단골이었다."

어사는 첫 번째로 꿩깃이 달린 화살을 내놓으며 오빈관 가는 길목에서 일어난 사건을 자세히 설명했다. 어사의 질문은 화살의 주인에 관한 것이었다. 화살 쏜 놈을 잡긴 잡았다, 그런데 바로 다음 날 놈이 자결해 버렸다, 고려인 복장을 하고 있었으나 말투가 이상했다, 그자가 고려인일까 아니면 여진족이나 몽골의 간첩일까, 왜 벽란도 상인 홍상진을 겨냥했을까….

두 번째로 어사는 바지를 걷어 올리며 물었다. 종아리 살갗이 수수 낱알을 잔뜩 붙여 놓은 듯 우둘투둘했는데, 얼마나 긁었던지 피 섞인 진물이 줄줄 흘렀다. 도대체 이게 무슨 병인가, 무슨 약을 써야 하는가, 웬만한 약은 다 써 봤지만 도무지 나을 기미가 없다, 온 식구가 같은 병에 걸려 죽을 지경이다, 어떤 비법을 써야 이 무지막지한 괴로움에서 벗어날 수 있을까.

김자명이 첫 번째 점괘를 내놓았다. 그놈은 동진의 간첩이고 홍상진은 몽골 간첩이다. 옛날에 홍상진의 죽은 아내가 몽골 사신들에게 고려 물건을 팔았는데 그 인맥이 홍상진과 연결되어 있다. 홍상진의 뒤를 은밀히 쫓아라.

두 번째 점괘는 이랬다. 물을 완전히 바꿔야 한다. 사람이 거의 살지 않는 외딴 산골로 거처를 옮겨라.

진의는, 얼마 전에 어렵사리 어사의 거처를 알아내어 무스타파의 고약을 보냈던 일을 떠올렸다.

"어사가 줄곧 객주 어른의 뒤를 밟았지만, 객주 어른을 몽골 간첩으로 단정할 결정적 증거는 발견하지 못했대. 내 두 귀로 똑똑히 들었어. 어사가 썩 지혜로운 사람은 아니었지만, 제 사사로운 욕심 때문에 거짓말하고 남을 속이는 사람도 아니었어."

강주의 표정이 잠시 일그러졌다. '제 사사로운 욕심 때문에 거짓말하고 남을 속이는' 아버지 김자명, 그리고 그 아버지의 명령에 따랐던 어리석은 자기 모습을 되새긴 것 같았다.

"황제폐하께 아뢸 때도 객주 어른을 역적으로 단정하지는 않았을 거야. 걱정하지 마. 네가 나보다 더 잘 알겠지만, 객주 어른이 나라 팔아먹는 짓을 할 분이냐?"

우리 아버지가 그럴 분이 아니지. 암, 아니고말고.

진의는 찬 손바닥으로 뜨거운 눈시울을 지그시 눌렀다. 그리고 눈을 깜박거리며 일어서, 살구나무 둥치에 손을 얹고 우듬지를 올려다보았다.

"저기, 나뭇가지 부러진 자리, 저기서 뛰어내리셨단 말이지?"

강주도 따라 일어나 말갈기를 쓸어 주며 진의의 시선을 좇았다. 말이 기분 좋은 듯 히힝 울었다. 그 서슬에 우듬지의 나뭇잎도 떨어져 내렸다. 진의는 손을 뻗어 나뭇잎을 잡았다. 꽃송이 못지않게 어여쁜 낙엽. 나무의 마지막 선물. 이제 저 나무는 헐벗은 몸으로 내년을 기약하리라. 새해를, 새봄을, 새 결실을.

새로운 장사!

문득 그 말이 떠올라, 진의는 허리를 곧추세웠다.

김윤후. 견불사에서 잠깐 마주쳤던 불곰 스님이 그랬었다.

아버님께서 비밀리에 시작하신 새로운 장사가 궁금하지 않소? 저 고여와 하기로 한 거래만 이루어져도 상황은 훨씬 나아질 겁니다.

진의가 강주 쪽으로 획 돌아섰다.

"이러고 있을 때가 아니야. 어사를 만나야 해."

강주가 말고삐를 풀며 말했다.

"같이 가자."

제가 아버지를 만날 수 있도록
손을 써 주십시오

어사가 관사에서 몸소 마중을 나왔다.

"네 덕분에 내 식구들이 참을 수 없는 괴로움에서 벗어나 그저께 개경 본집으로 돌아갔다. 고맙다."

그는 딸 또래밖에 안 되는 진의에게 허리까지 구부리며 인사했다. 진의도 엉겁결에 허리를 꺾었다.

어사가 앞장서서 집무실로 안내했다. 어사의 몸에서 심하게 헐렁거리는 도포가 진의의 눈에 띄었다.

남의 도포를 빌려 입진 않았을 테고, 그 동안 몸이 많이 축났나 보네.

"가렵고 진물 나고 쓰라린 그 고통이야 겪어 보지 않은 사람은 모를 것입니다. 저도 피부병에 걸렸다가 그 약으로 효험을 본지라 모른 체할 수 없었습니다. 혹시라도 약이 더 필요하시면 언제든 연락을 주십시오."

"숱하게 뜸도 뜨고 침도 맞았으나 소용이 없었다. 그런데 네가 준 고약을 바르고 나니 우선 가려움증이 사라지고 차츰 진물이 멎더니 딱지가 앉았다. 대식국 약재로 만들었다고?"

"예."

약재는 진의가 공급했고 제조는 무스타파가 했다. 무스타파는 통역 일도 작파하고 고약 만들기에 전념했다. 그러나 피부병을 앓는 개경 사람들이 가게 앞에 줄을 서서 기다리는 통에, 물건이 다 떨어져 못 파는 날이 더 많았다.

"그날 밤, 제 아버지는 바로 그 대식국 약재와 관련한 계약 때문에 송나라 상인 왕자오를 방문하고자 했습니다. 인삼 밀매라니 당치도 않은 누명이었지요."

어사가 눈을 내리깔았다. 하얀 피부도 살짝 붉어졌다.

"정말 미안하다. 내가 의욕이 너무 앞서서 확실한 증거 없이 죄 없는 사람을 으르고 협박했다."

관사 하인이 가루차를 내왔다. 차를 권하며 어사가 자분자분한 말투로 사건의 내막을 털어놓기 시작했다.

"홍 객주를 미행하게 된 것은 한 장의 투서 때문이었다. 어느 날 관사로 투서 한 장이 날아왔다. 홍상진 객주가 국법으로 금지한 인삼 밀매를 대규모로 지휘하고 있으니 조사하라는 내용이었다. 갓

부임한 어사로서는 군침이 도는 사건이었다. 내 능력을 단번에 증명할 수 있는 큰 사건이니까 말이다. 그런데 눈앞에서 네 아버지를 놓치고 나니 어디서 날아왔는지 알 수 없는 화살 한 개만 내 손에 남아 있었다. 내가 오죽 궁금답답했으면 점쟁이를 다 찾아갔겠느냐. 그런데 점쟁이한테서 홍상진이 몽골 쪽으로 첩자 노릇을 한다는 엄청난 얘기가 나왔다. 지금 우리 고려한테 몽골이 어떤 나라냐? 참으로 무섭고도 힘센 적국이 아니냐? 솔직히 점쟁이 말이 믿기지는 않았다. 하지만 그 점쟁이가 보통 점쟁이가 아니고 상국 집안의 점을 봐 주는 김자명이니, 그때만 하더라도 누가 감히 그의 점괘를 무시할 수 있었겠느냐? 더구나 몽골 첩자 얘기가 나왔는데 조사도 하지 않고 무시했다가는…."

진의는 입에 머금은 찻물도 삼키지 못했다.

그 투서부터가 김자명의 계략일 거야. 감검청 문틈으로 투서를 밀어 넣은 놈은 고양이 눈알 심복이겠지.

"내가 비록 답답한 마음에 점쟁이를 찾아가긴 했지만, 한낱 점괘를 가지고 사람 잡는 증거로 쓰지는 않는다. 아직까지 홍 객주를 간첩으로 볼 만한 증거는 없다. 그런데도 왜 점쟁이가 자꾸만 홍 객주를 몽골 간첩으로 몰려 하는지 그 이유를 모르겠다. 점쟁이 말로는 조만간 상국을 찾아가 홍 객주가 반역을 도모했다고 고발할 거라던데?"

찻물을 꿀꺽 삼킨 진의가 대답했다.

"몽골을 몹시 미워하는 상국의 마음을 이용하여 잃어버린 총애를 되찾고 싶은 것 같습니다."

어사가 고개를 주억거렸다.

"좋은 추리다. 그렇다면 이 질문에도 답을 해 다오. 네 부친은 왜 이런 위험천만한 때에 몽골 사신을 따라 국경으로 갔는지…."

"저도 그게 궁금합니다!"

진의의 목청이 제풀에 높아졌다. 어사가 놀란 눈빛으로 진의를 바라보았다. 휴, 한숨을 쉬고 진의가 목소리를 낮추었다.

"제 아버지는요. 외동딸인 저를 참 많이 아끼셨습니다. 새어머니 또한 많이 사랑하셨습니다. 더구나 새어머니는 다음 달에 해산을 할 예정입니다. 이런 식구들을 놓아두고 쓸데없는 일을 하실 분이 아닙니다. 반드시 합당한 이유가 있을 것입니다."

"나도 그렇게 생각은 한다마는, 그 합당한 이유가 무엇인지 도통 모르겠단 말이다."

진의는 두 손바닥을 바짝 붙이고 합장 자세를 취했다. 눈물이 뺨을 타고 흘러내리다 입속으로 들어갔다.

"아버지 뒤를 쭉 밟아 오셨다니, 아버지를 만날 수 있는 방법도 아시지 않습니까? 제가 아버지를 만날 수 있도록 손을 써 주십시오."

어사는 좀 당황한 듯했다. 마른입을 달싹거리다 차 한 잔을 따라 마시고는 겨우 입을 열었다.

"홍 객주가 저고여를 따라 국경으로 간 것은 분명하다만, 네가 국경에 간다고 해서 홍 객주를 만날 거라는 보장은 없다. 어쨌든 내부하 세 사람이 사신 일행을 미행하고 있는데, 셋 중 하나는 매일 해질녘에 미리 약속한 주막에 나타나기로 돼 있다. 내가 편지 한 장을 써 주마. 혹시라도 방법이 있으면 그자가 힘껏 도와줄 것이다."

이 험한 세상에서는
그저 살아남는 것이
최고의 장사이니라

가짜 수염을 붙인 강주가 앞장서고, 강주의 하인으로 분장한 진의가 뒤따랐다. 압록강은 거대한 얼음장으로 변해 있었고 그 압록강을 목전에 둔 국경의 거리에는 칼바람이 불었다. 입김도 곧바로 얼어붙는 날씨였다. 해가 떨어지지도 않았는데, 길에 사람이 거의 없었다. 어쩌다 마주치는 사람들의 표정은 날씨보다 더 차가웠다. 낯선 이를 심하게 경계하는 눈빛 때문에 말 한마디 붙이기도 힘들었다.

주막에도 손님은 없었지만, 나이 지긋한 주모가 아궁이 앞에 앉아 불을 때고 커다란 쇠솥에서 뜨거운 김이 피어오르고 있었다. 강주가 주모 곁으로 다가가 국밥 두 그릇을 청했다. 진의도 타고 온 말을 마구간에 매어 두고 아궁이 옆에 쭈그리고 앉았다.

강주가 주모에게 말을 걸었다.

"주모, 이곳 분위기가 왜 이렇소? 곧 난리라도 날 것 같구려."

주모가 강주를 위아래로 훑어보았다.

"난리가 날 것 같다고? 아니, 대체 어디서 왔기에 그리 깜깜절벽이오?"

"벽란도에서 왔소이다. 벽란도는 이곳에 비하면 별세계요. 사람도 많고 물자도 많고 밤낮으로 노랫소리, 물건 흥정하는 소리로 가득하다오. 여기는 어째 저승 가는 길목같이 음산하구려."

주모가 코웃음을 쳤다.

"저승 가는 길목? 흥, 그 말 한번 잘했소. 여기는 몽골군이 쳐들어오면 제일 먼저 짓밟힐 땅이오. 이제 사신까지 죽었으니 난리는 이미 난 것이나 진배없지 않소? 나도 이제나저제나 주막 장사 접고 피난 갈 궁리만 하고 있다오."

진의가 놀라 펄쩍 뛰었다.

사신이 죽었다니? 아버지는?

진의가 막 입을 떼려는 순간, 강주가 진의의 어깨를 툭 치고는 손가락으로 골목 어귀를 가리켰다.

귀 한 쪽이 잘려나간 자가 나타났다. 어사가 얘기했던 흰둥이, 주먹코, 짝귀 중에서 짝귀가 분명했다. 죄인에게 오라를 지우려 엎치락뒤치락하던 중에 귀 한 쪽을 물어뜯겨 그 모양이 됐다고 했다.

짝귀가 살쾡이 같은 눈초리로 진의와 강주를 흘겨보더니, 주모에게 국밥 한 그릇을 시켰다. 진의는 괜스레 시간을 끌 필요가 없다고 판단하고 가슴에 품고 있던 어사의 편지를 짝귀에게 건넸다.

어사라는 말은 아예 꺼내지도 말고 마치 평범한 장사꾼인 것처럼 객주 어른이라 칭하랬지….

진의가 침을 한 번 삼키고 말했다.

"객, 객주 어른께서 이것을 전하라 하셨습니다."

짝귀의 눈빛이 약간 순해졌다. 편지를 다 읽은 다음에는 순해지다 못해 금세 눈물이라도 흘릴 것처럼 젖은 눈망울로 진의를 찬찬히 뜯어보았다.

"그대가 홍 객주의 따님이오?"

"네."

"이를 어쩌나. 하늘도 무심하시지. 그래, 하루만 빨리 오지 그랬소…. 일단 여기 이 방으로 들어가서 조용히 얘기합시다."

짝귀가 안내하는 방으로 들어가면서 진의는 터질 듯 두근거리는 가슴을 오른손으로 지그시 눌렀다. 잠시 바깥 동정을 살피던 짝귀가 마침내 입을 열었다.

"어제 사신 일행이 국경을 넘다가 고려 옷을 입은 사람들에게 피살당했소. 고려 옷을 입었지만 여진족일 수도 있고 몽골 사람들일수도 있소. 지금으로선 아무것도 확실하지 않소."

주모가 쪽문을 열고 국밥 세 그릇이 놓인 상을 들이밀었다. 짝귀는 배가 몹시 고팠던 듯 국밥 서너 숟가락을 거푸 입에 넣고서야

말을 이었다.

"홍 객주는 몽골 쪽에 아는 사람이 꽤 있었소. 그 사람들은 우리 고려를 형제의 나라라고 생각하고 웬만하면 사이좋게 지낼 생각을 한답디다. 개중에는 높은 관직을 가진 사람도 있고 몽골 황제가 사랑하는 여인도 있다고 들었소. 홍 객주는 그런 사람들에게 선물을 주고 그 사람들 마음을 얻어 어떻게든 전쟁을 막으려 했소. 저고여는 홍 객주가 직접 아는 사람은 아니고 아는 사람의 아는 사람인데, 홍 객주가 예전부터 귀한 선물을 바리바리 갖다 바친 덕분에 홍 객주의 말을 들어주고 홍 객주와 동행까지 한 거요."

짝귀는 또 국밥을 퍼먹느라 말을 끊었다. 강주도 짝귀를 따라 부지런히 숟가락질을 했다. 진의 혼자만 국 대접에 숟가락을 빠뜨려 놓고 짝귀의 입을 뚫어져라 바라보았다.

"어제, 홍 객주는 몽골 옷을 입고 몽골 사신 일행을 따라나섰다오. 국토를 잿더미로 만들고 생사람들을 짐승처럼 도륙하는 전쟁은 결국 밑지는 장사다, 왜 밑지는 장사를 하느냐, 사람의 피로 강물을 만들고 사람의 시체로 산을 만드는 전쟁이 아니라 두 나라 사이에 사람이 오가고 물자가 오가는 진짜 장사를 하자고 테무게를 설득하는 것이 홍 객주의 목적이었소. 이 테무게란 놈이 누구냐면…"

짝귀가 또 밥술을 뜨느라 말을 끊자, 이번에는 강주도 궁금증을 참지 못하겠던지 숟가락을 내려놓고 물었다.

"그래서, 저희 객주 어른이 지금 살아 계시다는 말씀입니까, 아니면 어제 사신 일행과 함께 피살되셨다는 말씀입니까?"

진의의 입안에서도 뱅뱅 돌던 질문이었다. 짝귀의 입에서 밥알 두어 개가 튀어나왔다.

"내 말을 끝까지 들어 보오. 테무게가 누구냐? 테무진의 친동생이라오. 테무진은 군대를 끌고 서쪽으로 원정을 떠난 지 한참 됐다고 하오. 그래서 테무게란 놈이 고향 땅을 지키고 있는데, 이놈이 제 형 없는 사이에 공을 세우고 싶어 안달이 났다 하오. 이 썩을 놈이 제일 탐내는 먹잇감이 우리 고려라니, 나라의 운명이 그야말로 바람 앞의 등불 같구려."

군불을 얼마나 땠는지 방바닥이 뜨겁다 못해 데일 것 같았지만, 진의는 방바닥에 얼어붙은 듯 꼼짝도 하지 않았다. 짝귀가 입을 쩝쩝 다시고는 강주를 바라보았다.

"홍 객주도 몽골 옷을 입고 있었소. 피할 방법이 없었을 거요."

짝귀가 진의 쪽으로 시선을 돌렸다.

"홍 객주와 나는 처음에는 미행하고 미행당하는 입장으로 만났지만, 나중에는 서로 믿고 반겨 하는 사이가 됐소. 내 살다 살다 홍 객주처럼 물정 모르는 어린애 같은 사람은 처음 보았다오. 지금이 어떤 세상이고 몽골 놈들이 얼마나 흉악한 오랑캐인데, 그놈들 나라로 건너가 황제의 동생을 설득하겠다고?"

진의는 짝귀의 말에 반박하지 못했다. 짝귀뿐 아니라 고려 사람 백 사람에게 물어보면 아흔아홉 사람은 아버지의 행동을 어이없고 황당하다고 할 거였다. 그나마 짝귀처럼 아버지를 좋게 봐주는 사람이라야 물정 모르는 어린애처럼 순수하다고 말해 줄 터. 그러나 진의는 아버지의 입장에서 아버지를 이해할 수 있었다. 생김새가 다르고 사는 모양이 다르고 말이 다른 외국 사람들과 오래 사귀어서 그런지, 아버지는 늘 그렇게 보통 사람보다 앞서 나가는 생각을 하곤 했다. 개경의 인구가 갑자기 늘고 가뭄이 오래 지속되자, 일찌감치 새로운 질병이 생겨날 것을 예상하고 대식국 약재를 사들인 사람이 바로 아버지였다. 진의는 아버지의 속마음에 가닿을 수 있었다.

아버지, 아버지는 '만에 하나'의 가능성을 포기할 수 없었던 거지요? 당신이 당신 자신보다 더 사랑하는 식구들과 이 나라를 보전할 수 있는 길이 아버지 눈에는 보였던 거지요? 그 길이 아무리 좁고 위험하고 깎아지른 듯한 낭떠러지라 하더라도 말이죠.

"만에 하나, 살아 계실 가능성도 있는 거잖아요?"

진의는 아버지의 죽음에 대한 짝귀의 추측을 믿을 수 없었다.

예전에 어머니도 홀몸으로 몽골에 갔다가 멀쩡히 살아 오셨잖아. 아버지도 그러실지 몰라. 내 눈으로 확인하지 않는 한, 아버지가 돌아가셨다고 단정하지 않을 거야.

"만에 하나!"

짝귀가 진의의 '만에 하나'라는 말을 따라 하더니 허리춤에서 꼬깃꼬깃 접힌 편지를 꺼냈다.

"홍 객주의 따님이 맞구면, 맞아. 홍 객주가 만에 하나를 대비한다면서 그대에게 이 편지를 전하라 합디다. 천만뜻밖으로 이곳에서 만났으니 편지 전하러 벽란도 가게까지 찾아갈 일도 없어졌구려."

편지는 먹이 다 마르기 전에 접힌 탓인지 얼룩덜룩했다. 무슨 글자인지 알 수 없는 곳도 더러 있었다. 어쨌거나 그리운 아버지의 필적이 틀림없었다. 감정이 북받쳐 눈앞이 뿌예졌지만, 진의는 아버지가 남긴 짧은 편지글을 읽고, 읽고, 또 읽었다.

진의야. 아직 어린 너에게 무거운 짐을 지워서 미안하다. 아비에게서 끝내 ●●이 없고 전쟁을 막을 길이 없다고 판단되면 ●산을 정리하여 김윤후●● 절반을 주어라. 나라를 위해 큰일을 할 사람이다. 견불사 주지스님이 김윤●와 통하니 물어보아라.

그리고 식구들을 모두 데리고 강화도로 거처를 옮겨라. 강화도는 ●●● 요새다. 몽골은 말을 타고 초원을 누비는 ●●●●●, 배를 못 만든다.

잊지 마라, 진의야. 이 험한 세상에서는 그저 살아남는 것이 장사 중의 장사요, 최고의 장사이니라.

낯익은 호랑이가 눈동자 속으로 걸어 들어왔다

"선의! 착할 선, 뜻 의. 선의라고 부를래요."

유모 품에서 잠든 아기를 물끄러미 바라보며 진의가 말했다. 눈 밑에서 입가까지 기미가 거뭇거뭇한 새어머니의 얼굴에 미소가 번졌다.

"선의라…. 진의 동생 선의. 언니는 참되고 동생은 착하고. 좋다. 참 좋아."

"아버지가 제 이름을 진의라고 지으신 이유가 뭘까, 생각해 봤어요. 아무리 이익을 좇는 장사꾼이지만, 스스로 참된 마음을 지키기를 바라셨을 거 같아요. 저는 제 동생이 착한 마음, 좋은 뜻을 꿋꿋이 세워 나갔으면 좋겠어요."

아기가 진의의 말을 알아들은 것처럼 배시시 웃었다. 진의, 새어

머니, 유모, 망쇠어미 모두 아기를 따라 미소 지었다. 망쇠어미가 유모의 젖가슴 위로 이불깃을 여며주다 말고 감탄했다.

"예쁘기도, 예쁘기도, 갓난 아기씨가 어쩜 이리도 예쁘게 웃으실까. 그저 요렇게만 예쁘게 커 주시구려, 아기씨."

"나무아미타불 관세음보살."

새어머니가 눈으로는 침실 벽에 걸어 놓은 관음보살상 그림을 보며 손으로는 염주를 돌렸다. 새어머니 마음이 무척 복잡할 거라고 진의는 생각했다.

아기 얼굴도 못 보신 아버지 생각, 해산 후 더 나빠진 당신 몸 생각, 갓난아기가 살아 내야 할 흉흉한 세상…. 부디 자비로우신 관음보살께서 우리 어머니, 저 여윈 어깨를 토닥토닥 두드려 주시기를….

문밖에서 인기척이 났다.

"아기씨, 김강주 서기가 왔습니다. 어찌할까요?"

복실이었다.

"알았다. 곧 나가마."

진의는 아기 이마에 닿을 듯 말 듯 입맞춤을 하고 일어섰다.

"어머니, 나갔다 올게요."

새어머니가 염불을 멈추지 않고 희미하게 고개를 끄덕였다. 망쇠어미가 입을 비죽거리며 끼어들었다.

"아기씨, 그 아비에 그 아들이란 말이 있습니다요. 그 요망한 점쟁이 아들한테 왜 자꾸 곁을 주십니까요. 원, 족제비도 낯짝이 있다는데, 저것은 무슨 낯짝으로다…."

"망쇠어미, 갓난쟁이 듣겠네. 어린아이 앞에서는 좋은 말만 하시게나. 독 묻은 말은 삼가시고. 나무아비타불 관세음보살."

새어머니가 점잖게 꾸중했다. 망쇠어미가 무안한 듯 입을 씰룩거렸다.

진의가 가게로 나가자, 강주가 들고 있던 찻잔을 내려놓고 다탁에서 일어났다. 가죽 모자와 누비 도포에서 눈가루가 떨어졌다.

요즘 들어 재수와 강주는 진의를 깍듯이 객주의 주인장으로 받들었다. 마치 홍상진을 대하듯 모든 일을 진의와 상의한 뒤 진의의 결정에 따랐다. 국경에서 돌아온 후, 진의는 재수와 강주에게 각기 다른 임무를 맡겼다. 재수는 강화도에 집과 땅을 알아보러 갔고, 강주는 견불사 주지스님을 통해 불곰처럼 생긴 스님 김윤후를 찾아 갔다. 재수보다 먼저 돌아온 강주가 일이 어떻게 진행되었는지 진의에게 보고할 참이었다.

진의는 찻주전자를 들어 강주의 찻잔에 차를 더 따라 주고 강주가 입 열기를 기다렸다.

"객주 어른 소식을 전해 드렸더니 돌아서서 눈물을 훔치시더라."

눈물? 그런 분도 눈물을 다 흘리시나?

진의는 눈을 가늘게 뜨고 불곰 스님이 눈물을 닦는 모습을 그려 보았다.

"그러고는 하시는 말씀이, 전쟁은 이제 돌이킬 수 없는 미래다, 하루빨리 가산을 정리하여 강화도로 가라…."

진의가 고개를 갸웃했다.

"우리 아버지와 똑같은 말씀을 하시네?"

"두 분이 의형제를 맺으셨다는 건 알고 있었니?"

"아니."

진의는 고개를 가로저었다.

"두 분서서 나라 걱정을 하시며 그런 얘기들을 많이 나누셨나 봐."

"우리한테는 강화도로 가라 하시고 스님 당신은 무얼 하시겠대?"

"힘깨나 쓰는 젊은 스님들을 모아 군사훈련을 하시겠다고…. 당신은 이미 나라를 위해 내놓은 목숨이라고…."

강주가 말끝을 흐렸다.

진의도 머릿속이 복잡해져 찻잔을 내려다보았다. 진의가 눈을 깜박일 때마다 찻잔 속 맑은 찻물이 견, 불, 견, 불, 흔들렸다. 진의는 주문을 외우듯 견불을 생각했다.

부끄럽니? 나라를 위해 목숨을 내놓는 사람들도 있는데, 식구들과 강화도로 도망갈 계획이나 짜고 있어서?

그렇다고 고려 사람 모두가 나라를 위해 목숨을 내놓아야 할까?

몽골 사람도 애국심은 우리랑 다르지 않을 텐데. 몽골 사람도 고려 사람도 모두 제 나라를 위한다는 명분 아래 앞다퉈 목숨을 바친다면, 머지않아 온 세상이 시체로 뒤덮이고 말걸?

"너도 스님 밑에서 군사훈련을 받고 싶니?"

강주는 미간을 찌푸린 채 꿀 먹은 벙어리처럼 눈만 끔벅거렸다.

기다 아니다 시원하게 말하지 못하는 그 답답한 심정을, 진의는 이해할 수 있었다. 진의 역시 강주 못지않게 혼란스러웠고 두려웠다. 두 사람 다 태어나서 열네 살이 된 지금까지 전쟁을 겪어 본 적은 없지만, 다가올 전쟁이 엄청나게 끔찍하고 비참할 거라는 예감을 가위눌리듯이 느끼고 있었다.

민가가 불타고 사람이 개돼지처럼 도륙을 당하는 참상의 와중에 저 휘황한 벽란도의 번영 따위, 한낮의 개꿈처럼 사라져 버리겠지. 강화도로 피난 간 덕에 요행히 참화를 면한다 한들 그곳에서 비단과 보석과 차를 파는 가게를 운영할 수는 없을 터…. 무엇을 하며 어떻게 살아야 할까….

으앙으앙. 으아아아앙.

아기 울음소리가 가게까지 넘어왔다. 갓난아기치고는 울음소리가 유난히 크고 우렁찼다. 진의의 가슴 동굴이 공명하듯 으르렁으르렁 울렸다.

그래, 저 울음소리. 다 몰라도 저 울음소리는 확실히 알겠어. 저 소리를 지켜야 해. 벽란도에서든 강화도에서든 나는 저 소리를 지키는 사람이 되겠어.

진의는 눈으로 차를 마시기라도 할 듯 찻잔을 눈 바로 아래까지

바짝 들어 올렸다. 아직은 덜 자란 호랑이 한 마리가, 어미 잃고 살
아 낼까 싶었더니 용케 새끼 티를 벗었다던 그 호랑이는 아닌 것
같은데, 그 호랑이와 무척 닮은 호랑이 한 마리가 눈밭을 헤치고 진
의의 눈동자 속으로 뚜벅뚜벅 걸어왔다.

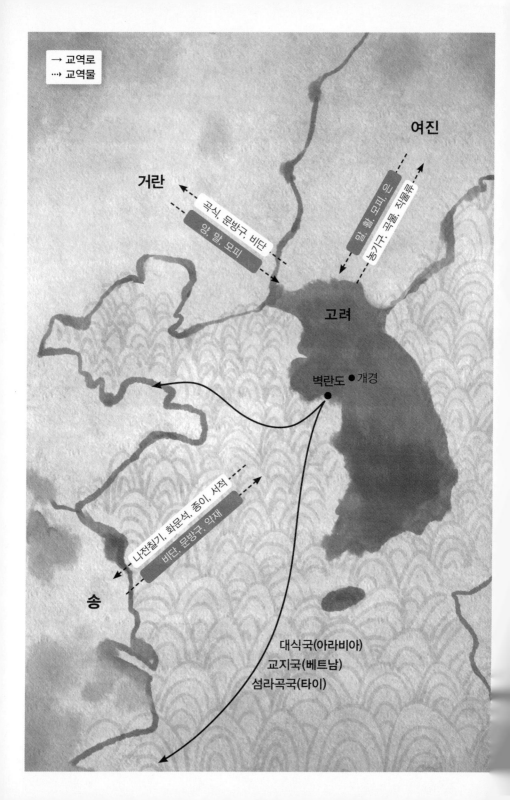

해상 실크로드의 종착지, 벽란도

중국 당나라 때 비단, 책, 약재 등을 교역하는 바닷길로 개척된 해상 실크로드. 벽란도는 이 해상 실크로드의 종착지였다.

벽란도는 신라 때부터 중요한 무역항으로 활용되었는데, 고려시대에 접어들어 나라의 수도가 개성으로 결정되면서 전성기를 맞았다. 벽란도가 황궁에서 가장 가까우면서도 수심이 깊어 큰 배가 자유로이 입·출항할 수 있는 천혜의 항구였기 때문이다. 벽란도는 외국에서 고려로 들어와 수도로 가려면, 또 수도에서 외국으로 나가려면 반드시 거쳐야 하는 관문이었다.

벽란도에는 고려와 외교적으로 굉장히 긴밀한 관계를 유지한 송나라를 포함하여, 거란, 여진, 일본은 물론이고 아라비아 상인들도 드나들었다. 『송사(宋史)』에 따르면 벽란도에 거주하는 송나라 사람만 수백 명에 이르렀다고 한다. 『고려사(高麗史) 악지(樂志)』에 실린 '예성강곡'에는 벽란도에 살던 송나라 사람이 고려 유부녀에게 반하여 그녀를 얻기 위해 그녀의 남편과 바둑 내기를 하는 가사가 담겨 있다. 아라비아 상인과 고려 여인의 만남은 고려가요 '쌍화점'에서 확인할 수 있다.

외국 사신, 상인들은 벽란도 곳곳에 머물며 고급 정보와 선진 문물을 교환하였다. 예를 들어 고려 말 최무선은 벽란도에서 만난 중국 상인에게서 화약 제조법을 배웠다. 이렇듯 벽란도에 드나들던 외국인들이 고려를 '고리어, 코리아'로 부른 까닭에 오늘날에도 우리나라의 외국 이름이 코리아인 것이다.

벽란도 사람들은 국제무역 이외에도 여관, 술집, 찻집, 밥집, 전당포 등을 경영했고 소금도 생산했다. 문학 활동과 공연 문화도 번성했다. 예성강변에서 국왕이 뱃사공과 어부들이 공연하는 큰 규모의 수희(水戲)를 관람하였다는 기록이 『고려사(高麗史)』에 나온다.

또한 벽란도는 수도와 직통하는 곳이어서 군사적으로도 매우 중요한 도시였다. 고려는 태조 왕건 때부터 관원을 파견하여 벽란도를 관리하였고 수군의 주력부대를 상시 배치하여 외침에 대비하였다.